TOM SWIFT AND HIS AIR GLIDER

汤姆·斯威夫特和他的滑翔机

【美】维克多·阿普尔顿 著
李 中 译
王一竹 绘

山東文藝出版社

目 录

故　障

“喂，奈德，准备好了吗？”

“哦，差不多吧，汤姆。我永远都只能是准备好了。”

“怎么了，奈德·牛顿？你可从来就是个不知畏惧的人，不是吗？你不是已经跟我飞过好多次了吗？”

“哦，不，你说的不全对。如果你把这个新玩意儿从飞机上拿下去，我马上就跟你走。你知道它有什么作用吗？你知道怎么让它发挥作用吗？还是那家伙根本就没有用？我们会吃大亏的！”

“上帝保佑我的保单！”站在一边与两位朋友谈话的青年大叫起来，“汤姆，你最好离地近一些。”

“哦，没事的，达蒙先生。”我们的主人公、年轻的发明家兼冒险家汤姆·斯威夫特说道，“跟以前相比，根本没有任何额外的风险。但是我猜，自从地下黄金城之旅回来后，奈德变得有些神经质了。”

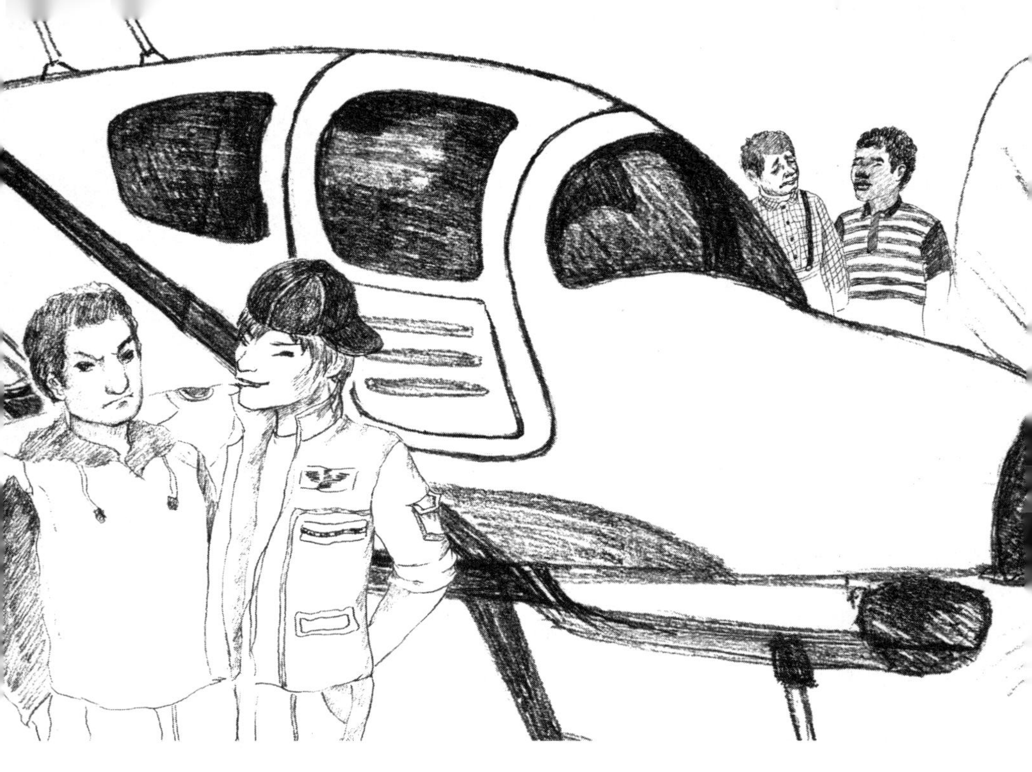

“我没有！”另一位伙伴怒视着年轻的冒险家，大声叫嚷道，“自家事自家知。汤姆，你的飞机装上这个新的推进器后，机翼部分就会发生改变。此时动力传导已经成为一种完全不同的技术了。是你自己说的，它的速度虽然提上来了，但性能没有以前可靠。”

“奈德，你仔细看看这里！”汤姆大声喊道，“我是说过它的性能不可靠，但那是上个礼拜的事情了。我已经进行过数次尝试了，现在我邀请你跟我一起飞行，只是想让你做个压舱物而已……”

“汤姆，在你的眼里，我仅仅是个压舱物而已？那你还不如去选个大一点的沙包，或者找达蒙先生，他也在这

儿呀！”

“我？不会吧！上帝保佑我的婚姻！提起上次我跟你飞行的事儿，我老婆到现在还心有余悸。汤姆，我决不会再跟你一块儿了！当然，我不会怪奈德……”

“嘿，越说越远了！”汤姆忍不住大叫道，“奈德，你比他更了解我。你知道你的作用绝不仅仅是压舱物。虽然我对飞机进行了改造，但我还是希望你能帮我操纵飞机。如果你不想来，为什么不早说，那样我还来得及找伊瑞德卡特，我不信他也会害怕，虽然他……”

“汤姆少爷，打住，打住！”一位年长的黑人赶紧说道，“难道您不记得以前对我的承诺了吗？”

“当然记得，瑞德。我是说，如果奈德不愿意跟我一起飞才会找你。”

“哦，哦，汤姆少爷，虽然我很愿意为您效劳，但是现在我还有更重要的事情要做。我要把早餐的碗盘都洗干净，这可是件重要的活儿。我觉得我更适合做这个。如果没有这事，我应该会愿意上您的飞机。但是现在，我得先帮帮我自己，我真的很忙。”说完，黑人一溜烟地跑开了。

“看，情况就是这样的！”汤姆叹了口气说，“我知道，因为我对旧的飞机做了改造，你感到恐惧。没关系，我可以自己飞，毕竟这是我的心愿。”

“别说了，我跟你一起飞。”汤姆最忠实的伙伴奈德·牛顿接着说，“我只是想确认，你是否已经搞定了一切，仅此而已。”

“如果你说的都是真的，那走吧。”年轻的冒险家情绪渐渐平息下来，“助我一臂之力，让它飞得更好。我想这次会飞得比以往更快。达蒙先生，这次我要飞往瓦特福德。你最好马上启程，到时我会送你回家。”

“上帝保佑我的安乐窝！”达蒙先生说，“送我回家！真是个好主意。汤姆·斯威夫特，我喜欢！”

汤姆笑道：“哦，我觉得这很平常啊，要跟我们一道吗？”

“不了，谢谢，我会坐电车回去。”说完，这位怪模怪样的先生就进屋和汤姆的父亲攀谈起来。两位年轻人仍站在外面继续讨论他们的飞机。

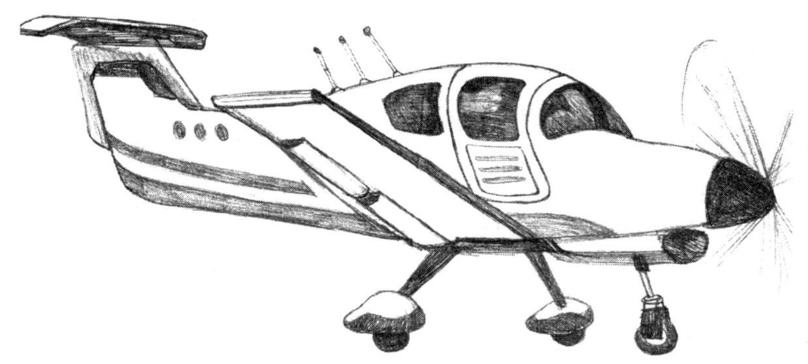

这是一架大型飞机，是汤姆·斯威夫特所造的大型飞机中的一架。虽然它不像之前书中所讲到的复合飞艇和可操控的热气球那样体积巨大，但也足够容纳三个人，当然超重者除外。

汤姆早在几年前就开始着手造这架飞机了，其实它早已足够完美了。不过，之后他又造了一些不同的模型，并且用它们进行了一些短途旅行。

不久之前，汤姆和他的亲密伙伴奈德、黑人管家伊瑞德卡特·桑普森以及达蒙先生在墨西哥的地下黄金城展开过一场冒险之旅。刚刚返回不久，他就着手改造原有的飞机，希望能提高它的飞行速度。

这件事耗费了他大半个冬天的时间，现在春天来临了，汤姆终于有机会试验新安装的马达、改造后的推进器和完全不同的机翼。

就像前面我们所看到的，试验的时刻到来了。在劝说朋友们陪同自己一起试飞的时候，汤姆遇到了一点点小麻烦。不过，最终还是奈德·牛顿帮他克服了自己的紧张感。

奈德说：“汤姆，我所担心的并不是你操纵飞机的水平，我们已经一起飞过很多次了，我知道你擅长这个。现在，我担心的是，你究竟知不知道这些机器是做什么用的。”

“我可以很肯定地告诉你，我确定我的理论是正确的。”

“对此我毫无异议，但在实际的环境下，它会正常工作吗？”

“或许它无法达到我希望它达到的速度，或许我无法让它比改装前飞得更高、更快。”汤姆坦言道，“但有一件事我很确定，它一定能飞起来，而且在我决定降落前，它绝不会掉下来。因此，你不用担心会受到伤害。”

“既然你都这样说了，那好吧。汤姆，现在需要我做什么？”

“检查所有绳索，让它们都各就各位。新装的发动机可能会有些摆动，我希望样样都足够牢固。”

“好的，明白！”奈德笑着回答。

接着奈德便开始履行自己的职责，用螺丝刀拧紧每一个螺丝，汤姆则继续围着马达忙活。在处理化油器时，他们遇到了一点小麻烦——在灌装之前要先清理一下它。

“轮胎怎么处理？”奈德已经搞定了所有的绳索，问道。

“把气充满。马达已经弄好了，现在我要试一下，你要看好轮胎。”

飞机架在小自行车轮上，奈德已经为其中一只橡胶车轮充满了气，正准备处理第二只。突然他耳边响起一阵像气枪射击的噪音。这着实让人一惊，吓得他赶紧跳起来，翻过一块大石头，伏下身子。巨大的气泵声在他背后响起。

“汤姆，发生什么事了？”响声太大，奈德不得不用尽全部力气大声喊道，“爆炸了吗？”

“没有爆炸！”汤姆喊道，“是新装的马达开始工作了。”

“开始工作？这叫开始工作？它要这样一直响下去吗？”

实际上不仅有轰鸣的马达声，还有四溅的火花和排气管道中释放出来的废气。飞机被一片呛人的白烟所笼罩。

“它这么响是因为我停用了消音器，这样它可以飞得更轻松，我希望它能飞得更平滑。”

“嚯，好大的烟！”他忠实的伙伴大叫道，“为什么你不……嚯嚯，这里没法站了。”说完奈德就以手遮目，屏住气息，摇摇晃晃地走到空气稍好的地方。

“味道是重了些，”汤姆承认道，“但这是因为它消耗了更多的油料。几分钟后就会好了，待在这里，我们就要起飞了。”

虽然烟雾很大，但汤姆还是坚守岗位，尽职地调试马达。很快，烟雾逐渐淡去，推进器上巨大的螺旋桨片开始平稳地旋转。之后，汤姆打开了消音器，巨大的噪音也停止了。

“快回来，赶紧给轮胎打气。”他朝奈德大声喊道，“我要把它停在这儿做压力测试，然后我们就可以飞了。”

奈德抹掉脸上的烟雾，继续完成自己的任务。汤姆在机尾系上一根绳子用来连接飞机和重型弹簧秤，当推进器旋转时，用来向后拖拉飞机以测量拉力。

“你需要多大的压力？”奈德问。

“理论上，换过新马达后应该能达到1200，但我只需要1000就好。帮我看着指针。”

我们可以这样理解，当飞机进行陆地测试时，推进器同样会处于工作状态。这样不可避免地会在地面上产生一些声响，直到飞机离开地面为止。但是现在，飞机被绳子所束缚，连到了一些固定物上，被不停地向后拖拽。

如果这根绳子被连接在与固定物绑定起来的弹簧秤上，那么推进器的“推力”就会被测量出来，并以磅为单位进行记录。一般情况下，500至900磅的推力就足够支持单人或双人飞机飞上蓝天了。但是这显然满足不了汤姆的需求。

果然，马达再次轰鸣、喷溅，螺旋桨飞速旋转，远远看去就像一个完整的大木盘。汤姆站在边上，操纵控制速度的杠杆，奈德看着刻度盘。

“多少了？”汤姆大声问道。

“800。”

汤姆继续给了一点油。

“多少了？”他再次大声问道。

“1000了，我们成功了！”

“还没有，我还要测试更高的压力。”

说完，汤姆再次加大油门，调高速度。震动中的飞机显得无比脆弱，好像随时都有可能散架。

“现在呢？”汤姆又问。

“1150！”奈德叫道。

“很好！这才是我想要的。让它跑一会儿，然后还可以继续加速。我们很快就可以飞起来了！”

奈德爬到他的座位上。汤姆紧随其后，他已经做好了安排，只等一切都准备好，就松开固定的绳索。他耐心的等待着，等到马达又转了一分钟后，汤姆解开了绳子。斯威夫特家的庄园里有一段平滑的飞机跑道，飞机开始在跑道上狂奔。它的速度越来越快，奈德也抓紧了座椅的侧面。

“我们来了！”汤姆大叫，只一瞬间，他们便已升空！

奈德·牛顿曾经多次与他的伙伴汤姆一起乘坐飞行器，在天空中翱翔的感觉对他来说并不陌生。但这次却有些不同，推进器像极为有力的爪子一样，把更多的空气塞了进去。显而易见，它的力量越大，他们的速度越快。从某种程度上说，这是一种令人恐惧的速度。

“我们飞得太快了！”奈德在汤姆耳边喊道。

“的确如此，”汤姆表示自己也有同感，“除了天空竞技者外，没有什么东西能比得上它。如果它们尺寸相同的话，它定会胜出。”汤姆所说的天空竞技者是他之前制造的一架超小型飞机。它的外形更像是一只大鸟，也更轻盈。

改装过的飞机在空中上下翻飞，速度越来越快。直到飞出去几里地后，奈德才意识到，汤姆又取得了一次相当了不起的胜利。

“汤姆，太了不起了！你真伟大！”他大喊道。

“是的，我就知道它能行，奈德。我太满意了。如果现在有国际比赛，我一定能拿到奖项。因为……”

汤姆突然停住了，因为他发现自己的声音不知道什么时候已经盖过了低沉的马达声，显得又大又尖，极不自然。毫无疑问，只有一种可能，机器停转了！

“出什么事了？”奈德大声问道。

“我不知道，可能有些故障。”

“你能修好吗？”

“我会尽力！”

汤姆努力操纵着各种控制杆，但是毫无起色。飞机正在以一种令人惊骇的速度向下降落。

“失去控制了！”汤姆惊叫道，“肯定有什么部件出现故障了。”

“但是我们在下落，汤姆！”

“我知道，我们以前也经历过，不是吗？我会试着滑翔降落的。”

这里需要解释一下，在没有动力的情况下，飞机仍然可以从高处滑翔降落。飞行家们经常会这样做，汤姆更是其中的行家里手。

他们开始减速下行，汤姆抬起机头，进一步减慢速度。不久之后，他们便在一所小房子旁边的空地上着陆了。这是一片颇为荒凉的郊区地带，距离汤姆居住的肖普顿约有十里之遥。

“现在来检查一下问题出在了哪里。”我们的英雄一边说，一边从座位上爬出来，检查飞机的引擎。他用手在杠杆、轮子和齿轮间摸了摸，最终得出结论。

“找到了？”奈德问道。

“是电磁机的问题。所有的铂金轴承和接头表面已经全部

熔化，变成晶体。最近这批铂金的质量真差劲，我从没见过这么差的。要知道我可是以最高的价格买的。恐怕是因为他们手里没有货，才不得已用这种货色来应付我。”

“我们可以从这儿回家吗？”奈德问。

“怕是不行。我需要新的轴承和接头才能重新发动它。我只希望能得到一些高质量的金属配件。”

在飞机上，电磁机的作用跟汽车的发动机差不多。它可以产生火花，让气缸中的气体发生变化，释放能量。铂金是一种贵金属，它的价值超过黄金。电磁机中的精细部件就是用铂金制作而成的。

“好吧，我想我们要走回去了。”奈德可怜巴巴地说。

“怕是只能这样了，”汤姆接着说，“如果能得到一些铂金，我就可以……”

“或许我可以帮到你们。”一个声音突然从他们身后传来。转过身去，他们看到一个蓄着胡子的高个子男人。显然，他是从那间单独的小屋中走出来的。

“我听到你们需要一些铂金？”高个子的男人问道，从男子说话的口音中，汤姆立马断定，他是一位俄国人。

“是的，我需要它们来制作电磁机。”汤姆开口说道。

“如果两位肯屈尊到我家里来，或许我可以提供你们需要的东西。”高个子的男人继续说道，“我叫伊凡·派卓夫斯基，刚搬来这里不久。”

“我是肖普顿的汤姆·斯威夫特，他是我的伙伴奈德·牛顿。”汤姆也介绍了自己这边的情况。他很好奇，为什么这个看起来很有教养的绅士会居住在这么偏僻的地方。当然，他更关心的是如何能弄到更多的铂金。

“这些你满意吗？”进屋后，派卓夫斯基先生递给汤姆几块很精致的条状物，它们是由银样金属制成的。

“岂止是满意，我太喜欢了！可以说这是我所见过的质量最好的铂金！”汤姆欣喜如狂地叫道，他可是鉴别金属的专家，“如果我需要的话，到哪里能搞到这东西？”

“它们来自西伯利亚一座遗失的矿里。”答案颇为出人意料。

“一座遗失的矿？”汤姆反问道。

“在西伯利亚？”这是奈德的声音。

派卓夫斯基先生缓缓地点了点头，脸上浮现出一丝充满悲哀的苦笑。

“是的，那是一座遗失的矿。”他慢慢地说道，“如果能找到它，我将成为世界上最幸福的人，这样我就可以找到被沙皇流放的弟弟，把他从苦难中解救出来。”他似乎陷入了难以自拔的悲伤中。

汤姆和奈德看着眼前这个蓄着胡须的男人。当年轻的发明家看到他手中的铂金条后，一个大胆而疯狂的计划在他的脑海中形成。

一项大胆的计划

现在请允许我花一点时间来介绍一下我们的英雄和他的传奇经历。读过汤姆系列前几部小说的朋友可能不需要看介绍，但是为了让新的读者朋友不至于看得一头雾水，在这里，还是需要简单地做一些必要的介绍的。

在上章中出现的汤姆·斯威夫特，是我们这套小说，即汤姆系列冒险故事的主人公，他是一个天才发明家，在机械方面颇有建树，造出了可以探索天空的各种飞行工具。他的父亲斯威夫特先生也是一个发明家，并凭借着他发明的各种东西所获得的专利权创造了巨大的财富。

在这套小说的第一部《汤姆·斯威夫特和他的摩托车》中，我介绍说汤姆跟他的父亲一起住在纽约州肖普顿小镇郊外的一个村子里。他的母亲在他很小的时候就已经去世，多年来，一直由伯格特夫人掌管家务，她负责照料大小两位发明家的饮食起居。

在那部小说里，有一位名叫韦克菲尔德·达蒙的先生。有一天，他骑着摩托车意外的撞上了一棵树，险些因此而丧命，幸好被汤姆所救。达蒙先生因而对摩托车深恶痛绝，而汤姆则截然不同，他对机器的兴趣要远远大于冒险，他非常喜欢达蒙先生那辆摩托车，并从他的手里买下了它。

虽然这位达蒙先生颇为古怪，他会请求上帝保佑所有他能想到的事情，但汤姆对此毫不介意，仍然与他结为朋友，并与他及好朋友奈德·牛顿结成了一起旅行的伙伴。我们已经在前面几本书中，讲述了他们一起展开的一系列冒险。通过这几次冒险之旅，他们早已经成为彼此的挚友。

此外，肖普顿还居住着几位小说中的主人公。安迪·福格虽然只是一个有点猥琐的小人物，但对汤姆来说往往会有意想

不到的帮助。奈斯特先生是镇上的另一位居民，相比于他本人，汤姆对他的女儿玛丽更感兴趣。最后一位需要介绍的是伊瑞德卡特·桑普森，他是一个很古怪的人。他的名字也很古怪，据他自己说“伊瑞德卡特”在英语里是清除的意思，他要清除一切污秽的东西。他还有一头名叫飞镖的骡子。写到这里，我想书中需要了解的主要人物已经介绍得差不多了。

现在，汤姆和他的伙伴正在一个名叫伊凡·派卓夫斯基的俄国人的家里。就在他们最需要铂金的时候，这位俄国人奇迹般地表示可以提供。

“如果您不介意的话，能告诉我这些铂金的来历吗？汤姆急切地问道，“你真的有把握弄到更多的铂金吗？”

“我很荣幸能向你讲述我的遭遇。”一阵短暂的寂静过后，俄国人伊凡·派卓夫斯基先生说出了一番令人惊奇的话语，“我本人对发明极有兴趣，之前也曾经尝试着做过一些小东西，甚至还制造过一架小型飞机，因此我知道铂金对于大功率电磁机的意义。”

“但是你从哪儿搞到纯度这么高的金属？”汤姆问道，“我可从没见过这样高质量的东西。”

“你就算找遍全世界也不会找到比这更好的了，”派卓夫斯基先生说，“或许永远也不会有。我手上的数量也极为有限。但是在西伯利亚，在遗失的矿中，铂金的存量还是很高的。只要把它们稍加精炼就能得到这种纯度的产品。”

“难道我们就无法从那里得到这些产品吗？”汤姆用充满渴望的声音说，“我认为俄国政府会找到这座矿，并且进行开采。”

“如果他们能找到的话，他们的确会这样做。”伊凡·派卓夫斯基先生冷冷地说，“但是他们找不到，谁也找不到，即使我费尽心力，结果也是一样的。实际上，我就是因为这个才来到这里。我希望能够找到它，这样就可以帮助我那正在西伯利亚流放的可怜兄弟。”

“这件事越来越有趣了。”奈德低声对汤姆说，汤姆也点头称是。

“我的兄弟彼得要比我小上几岁，我们俩是家族中仅存的幸存者。”派卓夫斯基先生边说边示意汤姆和奈德坐下，“小时候我们住在圣彼得堡，虽然出身贵族，却愿意为平民说话。”

“那些无政府主义的暴民？”奈德好奇地问，他曾经读过一些关于这方面的报道。

“不，他们不是暴民。”派卓夫斯基先生微笑着说，“我们的党派是反对暴力的，我们希望依靠教育来改变人民的地位，因此我们竭尽全力地帮助贫民。我们发明了一些工具，它们既省时又省力，使用寿命还比较长。这招来了富人和政

府官员们的憎恨，因为他们靠的是剥削，为他们工作的人越多，他们的利润就越多，人们不得不从他们手里购买食物和其他必需品。

“我和我的兄弟没有妥协，坚持的结果就是我们双双被捕，跟其他一些人一起被流放到西伯利亚。

“个中艰辛我不想再说，各位想必也有耳闻。在我们驻地附近的旷野里有许多矿，有些是盐矿，有些则是硫矿。这些矿区非常可怕！不知道有多少流放者迷失在盐矿里不得善终。死在硫矿里的人就更多了，很多人并没有迷路，而是被活活熏死。真的太可怕了！有时候有些人根本就是被守卫故意放弃的，因为国家希望某些流放者永远消失。

“现在来说说你们感兴趣的铂金。有一天，我们兄弟二人被送到盐矿干活，但是我们走错了路，在走过几个矿区之后，彻底迷路了。虽然我们带着食物和水，但在看到被废弃的出口找到出路之前还是差点被折腾死。

“出来的时候又正好遇上了一场巨大的暴风雪，而我们正处在风暴的中心，这让我们差点冻死。最后一位农奴发现了我们，用雪橇把我们带到他的小木屋里。在那里，我们暖和过来，捡回一条命。

“我们知道自己是被通缉的人，因此我们的失踪很可能被误认为逃逸。因此一恢复活动能力，我们就立刻赶回驻地。农奴想用雪橇送我们一程，但是我们担心他会被误认为协助我们逃逸而受到牵连，因此谢绝了他的好意，独自上路。

“不出意料，我们再次迷路了，好在我们携带了足够的食物。这次又耽搁了几天，就在这几天的路途中，我们发现了那个铂金矿。它在一个山谷中，周围是茂密的森林，显得极为荒凉。因为有些矿石直接裸露在地表，我就顺手取了几块带走。当熬过了可怕的风暴后，我们终于遇到了一队搜索人员，他们把我们带回营地。”

“他们认为你们是在逃跑吗？”汤姆问。

“是的，尽管我们极力否认，还是受到了严厉的处罚。”派卓夫斯基先生回答道，“后来我找机会秘密地精炼了之前

拿来的铂金矿石，发现我找到了之前从未见过的最精纯的金属。当那些官员从我的床上发现这些金属时，我还在幻想着能够再次找到那个矿，或者把这件事告诉我的朋友们。

“他们让我说出这东西是从哪里弄来的，我知道如果不说后果会更惨，所以只能告诉他们。结果可想而知，大家都意识到了发现铂金矿的意义，很快就派出一支探索队。

“但是，即使带上了所有能够携带的装备，还是无法准确地定位。许多探索队都乘兴而出，败兴而归。他们根本无法穿越那荒凉的旷野。”

“他们可以使用飞机呀。”汤姆建议道。

“他们的确使用了，”派卓夫斯基先生立刻回答道，“但是没有用。”

“为什么不行？”汤姆想知道原委。

“因为西伯利亚上空几乎长年笼罩着风暴，似乎永不停歇，巨大的气流不知道绞杀了多少倒霉的飞行员。哦，你可以想象俄国政府用尽所有手段去寻找那个铂金矿，但始终无法定位，甚至可以说连它的边缘都没有到达。

“后来，他们觉得或许我们兄弟隐瞒了什么，就把我们分开关押。我不知道他们把他送到了哪里，而我被送到了一座硫矿上。听到这个消息时，我的心都碎了，我不知道自己是否能活着回来。后来逃走的机会终于来了，我立刻采取了行动。我想救我的兄弟，但我不知道他在哪里。我想，如果我能抵达某个文明国家，比如自由的美国，或许还有机会救我的兄弟。

“我先到了英格兰，随身带了一些珍贵的铂金，在那里待了两年。我学会了英语，同时还努力组织一支探险队去寻找那个迷失的铂金矿和我的兄弟，但是我失败了。现在我来到这里，但仍然没有放弃我的理想。”

“天啊！这太有趣了！”奈德大叫道，他完全被俄国人的故事吸引了。

“看来您度过了一段相当艰难的岁月。”汤姆说，“我对你手中的铂金很感兴趣，能出个价吗？它们可比普通铂金值钱多了。”

“如果是你，我不收钱，”派卓夫斯基先生笑着回答道，

“我很高兴能帮你修好飞机。需要很长时间吗？我很想亲眼见到它被修好。”

“一起来吧，”汤姆发出了邀请，“我很快就会搞定它。如果您愿意，我可以捎您一程。”

“不了，谢谢你。或许某一天我会，但现在我还不想。之前我制造出来的飞机很差劲，几次飞行经历都不愉快。”

汤姆和奈德立刻着手修理电磁机，换下了坏掉的铂金。“如果俄国人手里有一架这样的飞机，或许他们就能找到矿了。”奈德对汤姆的技术很有信心。

“在巨大的风暴中，它恐怕也不顶事。”伊凡·派卓夫斯基先生答道，“但是现在，我最担心的不是矿，而是我的兄弟，我要去救他！他一定还在西伯利亚的某个矿上，如果我有这样的一架飞机，就能救他脱离苦海。”

汤姆放下手里正在使用的锉刀，眼中闪烁着耀眼的光芒，整个人看起来非常兴奋。

“派卓夫斯基先生！”他大声说，“如果我现在出发去救你的兄弟，你会跟我一起吗？”

“真的吗？”派卓夫斯基先生惊喜至极，“如果你能帮我救回彼得，你就是我的大恩人，我会永远记得你的恩情，日日为你祝福！”

“那我们完全可以一试！”汤姆大声说，“我还有另外一架飞机，它的航程可以达到3000英里。从黄金城回来后，我还没碰上什么让我动心的事儿。我要去俄国把你的兄弟从流放地救出来，顺便寻找那个迷失的铂金矿！”

“感谢上帝！可怜的彼得终于有救了。”派卓夫斯基先生虔诚地低语着，声音中充满了渴望。

“你永远也得不到那些铂金，”奈德说，“那些风会把你的飞机撕成碎片。”

“对我来说，这是不可能的。”汤姆反驳说，“我可以用滑翔机，它完全可以依靠风力，滑翔前进。嘿！西伯利亚我来了！铂金矿我来了！您要一起吗？”

话音未落，派卓夫斯基先生就立马回答道：“汤姆，虽然我不懂你说的滑翔机是什么意思，但我愿意跟你一起去救我的兄弟。”他的眼中闪烁着勇敢的光芒，于是汤姆立即动手检查飞机，准备飞回肖普顿。

沙皇的魔爪

修理完电磁机后，汤姆再次发出邀请说：“您今天不跟我们一起飞吗？我希望能把您介绍给我的父亲，还有他的朋友达蒙先生。如果他的妻子允许的话，他极有可能随我们一起去西伯利亚。我还想跟您详细讨论一下我们的行动计划。”

“我一定会去拜访你的，”伊凡·派卓夫斯基先生笑着答道，“但是，我想我的第一次飞行还是坐大一点的飞机比较好，至少它不会这样频繁地从天上落下来。”

“好吧，或许对于初学者来说，那样会更好一点。”汤姆点头同意道，“欢迎您随时过来，我会带您去试试，或者我到您这儿也行。”

“我过几天就去。”派卓夫斯基先生说，“那时我会将我所知的关于铂金矿的一切全都告诉你。比如，如何定位，如何制订我们的计划。在此之前，不要把我对你说的事告诉别人。”

“为什么？”奈德马上问道。

派卓夫斯基先生走近他们，低声说道：“我还不太确定，但是最近我感觉自己被人盯上了。附近的村庄里出现了许多陌生人，他们看我的眼光很可疑，而且有几个人还出现在我家附近。你知道我一直住在这里，做自己的事情，只有一个打扫卫生的妇人会偶尔过来，因此我觉得这些在周围闲逛的人很可疑。”

“你认为他们想做什么？”汤姆问道。

“根据以往的经历，我不得不承认他们很可能是……我的意思是我担心他们是间谍，或者说是沙皇政府派来的密探。”

“间谍！”奈德大叫道。

“嘘，小点声。”派卓夫斯基先生马上警告他，“他们现在很可能已经躲在附近了。特别是你们的飞机在这里降落搞出了那么大的动静，他们会觉得这里更可疑了。”

“但是为什么沙皇会派间谍来找你？”汤姆压低了声音问。

“原因有两个。其一，我只是一个被流放的犯人，而不是真正的美国公民，因此我理应被遣返回硫矿中。另一个原因就是他们认为我知道财宝，也就是迷失的铂金矿的秘密。”

“真是越来越有趣了！”汤姆兴奋地说，“如果我们能跟俄国间谍干上一仗就更妙了，我正等着他们哪！”

“我也一样。”奈德说道。

“不，你们不了解他们。”派卓夫斯基先生摇了摇头说，

他的声音里充满了恐惧，身体也忍不住地开始战栗。“我希望他们不要找到我的踪迹，但是如果他们……”他顿了一下，然后挺直了身子，这让他看起来更强壮一些，“如果他们来了，就要他们好看。为了救弟弟脱离苦难，我过着生不如死的日子。只要能救他，即使付出生命，我也在所不惜！”

“我们与您同在！”汤姆说着向俄国人伸出了他的手，“我们一定会成功的，现在千万别忘了过来看我们。走吧，奈德。我需要制造一架滑翔机，我们有的忙了。”挥手向新朋友道别后，两位年轻人返回座位，驾机返回肖普顿。

当飞机爬到一定高度，关掉一半引擎的时候，奈德说道：

“你对这事怎么看？”现在噪音已经变小，谈话比较方便。

“看运气吧，我觉得我们赶上了好时候。”

“如果他说的是真的，那么的确是件令人兴奋的事。但你说的滑翔机又是怎么一回事，汤姆？”

“简单地说，它也是一种飞行器，但不需要使用马达。”

“不需要马达？”

“不需要，有风力就足够了，它是一种用风力作动力的飞行器，利用不同平面所承受的不同风力为动力。只要你愿意，即使外面狂风大作，它也依然可以在风中穿行。”

“如何启动？要拉着它在地上飞跑吗？”

“不需要，只要在空中盘旋就好。驾驶者只要掌握好平衡就可以了。风越大，它的性能就越出色。因此我觉得它最适合西伯利亚。一回去，我就马上开始动手制造。你会帮我的，是吗？”

“我当然会，但是话又说回来，那些铂金真的值得你这样做吗？”

“绝对值得！”汤姆非常肯定地答道，“它们比黄金还值钱，而且产量十分稀少，这也让它们变得更为珍贵。俄国矿产丰富，金属的质量尤其高。我以前也曾经用过一些俄国产的铂金，但派卓夫斯基先生给我的那块铂金质量之高，堪称平生仅见。如果我们能发现那个迷失的矿，马上就会成为百万富翁。”

“发现黄金城的时候，我们也是这样想的，但是那里的金子跟我们想的根本不是一回事儿。”

“嗯，铂金矿绝不会这样。派卓夫斯基先生和他的兄弟发现的绝对是个富矿。可怜的人！你想象一下，在那样的一个国家里，作为流放者，根本不知道接下来将会被送往哪里。难怪派卓夫斯基先生急着救他。”

“好吧，我们到了。汤姆，我很好奇如果令尊大人听说你又打算进行一次新的探险会怎么说？”

“哦，如果他听到了这个关于流放者的故事，一定会让我快去。”

“我确定我们的家人一定会同意的，但是达蒙先生怎么办？”

“我觉得把他留在这里很不明智。如果你和我，还有达蒙先生和派卓夫斯基先生组成团队的话，那才是最佳组合。我们还得预留一个空位，如果能救回那位俄国先生，还得给他留个位置。”交谈间，汤姆已经关掉引擎安全着陆了。

不难想象，斯威夫特先生听到儿子告诉他的最新消息时有多么吃惊，但是对于儿子即将开始的西伯利亚之旅，他却并未多言。

“你要多加小心，”他说，“那些俄国官员在对付他们的犯人时可是穷凶极恶、无所不用其极的。至于滑翔机，我并不是太了解。这是一种新机器，如果你打算靠它成事，就得先了解它的性能。”

“我会的。”汤姆承诺道，“在这之前，我还有许多准备工作要做，得把我的大型飞机组装好，还要制造滑翔机。你得帮帮我，爸爸。”

“我会的，儿子。现在给我讲讲派卓夫斯基的事吧。”于是，汤姆便向父亲讲述了俄国人的故事。

接下来的日子，汤姆过得异常繁忙。他先制作了一个滑翔机模型。它飞行得相当平稳，但是汤姆知道要想取得最终的成功，还有许多工作要做。他把全部精力都投入到滑翔机上。与此同时，达蒙先生也被告知了此次的探险之旅。

“上帝保佑我的银行存折！我当然会去，”他说，“但是，千万别跟我的妻子提这件事，千千万万呀！我会用自己的方式慢慢向她渗透。她一直想要一条铂金的钻石项链，我想这次可以给她弄一条。如果我慢慢和她商量，我想她会同意我去的。”

这里要提一句的是，如今许多名贵的钻石都被镶嵌在铂金而不是黄金上。

“我想在这儿帮助你们。”达蒙先生表示。因此汤姆把他和奈德、伊瑞德卡特分在一组，负责组装旅行所需的大型飞机。这架飞机在之前的故事中并没有出现，但是它与那架在冰穴中撞毁的飞机极为相似，所以我在这里就不赘述了。感兴趣

的朋友可以去看一下《汤姆的冰穴之旅》，在那本书里有关于飞机的详细描述。

言归正传，这架新飞机名叫猎鹰，是迄今为止汤姆所造的最大的飞机。它有许多座位，舒适程度很高，如无意外，航程可以达到数千英里，中间不需降落。它兼具热气球和飞艇的性能，必要时可作为这两样工具使用，但是需要携带必要的气体。它有足够大的体积，可以带着滑翔机上路。

大约一周后，伊凡·派卓夫斯基先生来到斯威夫特家，与大家进行了第一次会面，并受到了老发明家和达蒙先生的热烈欢迎，随后，大家一起来到汤姆的书房里，就这次西伯利亚之旅展开了一次长达数小时的详谈。期间派卓夫斯基先生详细介绍了他们兄弟二人被流放到西伯利亚的许多细节，还有一些为迷失的铂金矿定位的信息。

经过一番讨论后，汤姆说："我觉得几个星期后出发是不现实的，我需要更多的时间去准备滑翔机。"

"我也同样需要一些时间。"派卓夫斯基先生赞同道："我要给一些还在圣彼得堡的朋友写信，或许他们能提供一些信息，让我了解我兄弟现在在哪里。"

"这很好，"达蒙先生说，"上帝保佑我们的冰雪之行！越想我就越觉得兴奋！"

最后大家约定，在飞机快要完成的时候，派卓夫斯基先生将再次拜访他们。在此期间，他要尽力与远在西伯利亚的革命同志取得联系。

一周的时间很快过去了。在这一周里，汤姆、奈德还有他们的朋友们都很忙碌。现在，汤姆决定去拜访一下他们的俄国朋友。自从上次来访之后，他们再也没有得到他的消息，汤姆希望向他了解一些西伯利亚的风力问题。

他和奈德乘坐最小的飞机，很快就出现在派卓夫斯基先生独居的那片田野上空。

“他看起来好像不在家。”奈德分析说。现在他们已经降落，正在收拾东西。

“是的，这里看起来好荒凉！汤姆随声附和道，“天啊，连所有的门都是敞开的。他不可能离开了家还不关门吧，特别是家里还有那么多贵重的铂金。”

“或许他睡着了。”奈德说。

他们敲了敲敞开着的门，但没有人回应。无奈之下，他们只好直接走了进去。令他们吃惊的是，房子里面居然一片混乱。橱柜被翻得乱七八糟，桌椅都被掀翻，纸张扔得到处都是。

“这里一定发生了打斗！”汤姆大叫。

“是的，没错。”奈德说，“或许他受伤了——也许有小偷进来偷他的铂金！”

“快来！”汤姆叫道，说着他快步走上楼梯，“我们得看

看他还在不在这里！”

房间很小，只一瞬间，他们就确定了派卓夫斯基先生不在这儿。楼上也是一片狼藉，被打翻的家具和被翻出的纸张到处都是，散落一地。

汤姆弯腰拾起一张纸片，仔细端详。它像是从一封信件中撕下来的，上面还带有印章——黑色的俄国印章，这是沙皇的御制印章！

“看这个！”汤姆挥舞着纸片，招呼伙伴。

“这是什么？”奈德问道。

“沙皇的魔爪！”他的伙伴说道，“俄国人已经到达这里，并且抓走了派卓夫斯基先生！”

搜　救

好半天，奈德都没有弄明白汤姆的意思。这种事情是根本不可能发生的。远在俄国的沙皇，确切地说是某位秘密警察，居然在某个遥远的美国小村庄的小屋中找到人，并且抓走了他。

“这是不可能的！”奈德喘着粗气说道。

“除此之外，还能有其他的解释吗？”汤姆反问道，“事情已经发生了，你不能再自欺欺人了。事实已经摆在眼前了，这里曾经发生过打斗，派卓夫斯基先生肯定是被抓走的。”

“不过也有可能是他自愿离开的。”奈德辩解说，某些时候他是个颇为顽固的人。

“无稽之谈！如果一个人自愿离开，他会把自己的家具砸烂，把纸张撕成碎片扔得到处都是，然后开着门窗任由别人自由出入吗？我猜不会。”

“或许你是对的，但是请再仔细想一想！也许不是俄国人干的！”

“不可能，他本身是俄国人，而且也承认自己是从流放地逃出来的。如果真的被逮到了，他可能会被遣送回去，我们的政府是不会干预的。他现在可能已经被遣送走了。可怜的人，命中注定要被再次送到那些硫矿中！因为他曾经逃亡过，或许他们会用更严厉的手段来对付他！”

“但是我认为我们的政府不会协助其他国家抓捕政治犯，”奈德分析说，“归根结底，派卓夫斯基先生的所有罪行都与政治有关，他只不过是希望帮助自己国家的可怜人罢了。如果我们的政府对这种行为采取支持的立场，那将是极为可耻的！”

“这话说到点子上了！”汤姆大声说道，“那些间谍、秘密警察，或者说是俄国人的走狗，他们并没有从我们的政府那里获得帮助。如果真是这样，那么他还有一线生机，但是他们的行动是保密的。他们偷偷赶到这里，潜进了他的家里，然后在他求助之前带走了他。我发誓！如果他能有只言片语传到我这里，我一定会开飞机赶过来，那么结果就会完全不同。”

“汤姆，我猜你是对的。那么，我们的计划要中止了。”

“中止什么？”

“我们的铂金矿之旅。”

“绝对不会，我将会继续寻找。”

“但是没了派卓夫斯基先生替我们带路，你还能怎样？除此之外，之前我们还想帮他营救他的兄弟，现在看来也只能作罢了。”

“不管怎样，我都会尽最大努力。”汤姆坚定地宣布道，“现在，我要做的第一件事就是把我们的朋友从俄国警察的魔爪中解救出来。”

“就凭你？你打算怎么做？”

“我首先要找到他。你来看这里，奈德，他应该是在今天的某个时候被带走的，或许只是几个小时前。他们带着他走不了多远。”

“你是怎样得出这个结论的？”奈德很想知道。

“我认为我已经找到足够多的线索。”汤姆笑着说，“看这里，门和窗子都是打开的。昨天晚上下了雨，风也很大。如果在风雨到来之前窗子已经打开了，屋子里应该会有打湿的痕迹。

但是现在连滴水都没有，由此可见，昨天晚上窗户还是关着的。”

“有道理，说下去！”奈德佩服地说。

“不止如此，”汤姆接着说，“桌子上还有一瓶奶，它很新鲜，应该是送奶工在昨天晚上或者今天清晨送来的——我认为不会超过12小时。”

“嗯，这能说明什么？”奈德问，他有点跟不上汤姆的思路。

“据我分析，这些间谍出现的时间是早上。看看那张被掀翻的桌子，还有地板上的盘子。这说明当时有人正在吃燕麦粥，你知道煮熟的燕麦过上一段时间就会变得又硬又黏，而这些粥还很新鲜，甚至还是软的，还……”

“这就是说……”激动的奈德忽然打断了汤姆的话。

“这就是说，当他们突然冲进来的时候，派卓夫斯基先生正在吃早餐，然后他们抓走了他。制服他的过程费了不少力气，我敢打赌，他打了一场漂亮仗。这些破损的家具就是证明。然后这些间谍把他捆起来塞到马车里，又在屋子里搜索那些罪证文件。最后那些密探——先别管他们是谁——走得很匆忙，连窗户和门都没来得及关。”

“我相信事实的真相就是如此，”奈德赞同道，他已经完全明白了汤姆的意思，“但是接下来我们要怎么做？如何才能找到他？”

“追踪。”他的好友马上给出答案，“房子里应该还会有更多的线索。我确定这些人是从外面来的，因此他们一定会留有足迹或者马车轮子的印记。我们仔细观察一下，应该能找到正确的线索。如果我能帮得上忙，就一定不会让他们把派卓夫斯基先生带回俄国。那些铂金我志在必得，他是唯一能够指引我们走到那里的人，再说我们还要营救他的兄弟。现在，我们要去搜寻那个可怜的流亡者。”

“我全听你的！”奈德大声说，“我的天啊！如果我们可以营救成功，这将是多么了不起呀！他们带着他走不了多远。”

“恐怕他们已经跟我们拉开了一定距离，”汤姆迟疑地摇头否认道，“但是只要他们没有离开美国境内，我们就还有机会。如果他们带着他踏上俄国的领土，那就只能看他的造化了。”

“那还等什么！”奈德大叫，“让我们行动起来。首先应该做些什么？”

“找线索，”汤姆回答道，“我们先从屋顶开始，逐渐向下搜寻。我们的运气一向不坏。”

之后，两名勇敢的年轻人开始了解救被绑的俄国流亡者之旅。如果那些绑架者知晓两位年轻人义无反顾地开始了他们的营救大计，一定会嗤之以鼻。但是，那些了解汤姆·斯威夫特和他的坚定盟友的人却知道，这个世界上很难找到比他们更机智、更勇敢的人了。

来自俄国的线索

汤姆和奈德在二楼搜索了两遍后，汤姆说："这里应该没什么了。这些碎纸屑告诉我，有些俄国政府派来的人曾经到过这里，他们拿走了派卓夫斯基先生的所有文件。"

"或许他根本就没有什么东西。"奈德分析道。

"如果他够聪明，就应该在知晓自己被盯上时立刻处理干净。就像他告诉我们的那样，他事先已经有所准备。可能也正因为如此，那些人才要砸烂家具，以寻找那些被藏起来的东西。也有可能是他们因为没有找到需要的东西而恼羞成怒，砸烂家具以泄愤。无论如何，我们都应该下楼再看一看。"

但是他们在一楼同样一无所获，楼下的情况跟楼上并没有太大的差别。这至少让汤姆相信，派卓夫斯基先生是在吃早餐的时候遭受了突然袭击。

"现在到外面去！"汤姆说，"让我们试试看能不能找出他们带他离开的线路！"

现在已经是下午时分，昨夜的那场雨让外面的草地显得很湿润。柔软的土地和青草可能会保留下不少印记。遗憾的是，汤姆和奈德来的时候并没有想到会出现这种情况。在停机处到房屋之间的路上，许多原本可能是绑架者留下的脚印已经被他们踩踏了。

即便如此，他们还是可以确认，有好几个人一起来到房屋里，至少从鞋印上看是这样的。但问题是，他们根本无法分辨哪些鞋印是派卓夫斯基先生的，哪些是来访者的。

“他们应该是把他带到了事先准备好的马车上。”奈德说，“让我们从前门出去，到路上看看。他们总不能让马车进门。”

“好主意。”汤姆赞叹道，他们来到了俄国人房屋前的大

路上。

“在这儿！”走在前面的奈德大叫，“这里曾经停过一辆马车，它用的是橡胶轮子。”

“好极了！”汤姆欣喜地说，“看来你的侦察训练效果不错。你是怎么发现的？”

“看这里，有一小块橡胶碎屑，它可能是轮胎破裂掉下来的，或者直接从轮胎上切落的。这样轮子每转一圈就会在地面留下一个记号。”

“完全正确，这样追踪马车就会容易得多。来吧，我们要跟紧一点。”

“我跟得上，”奈德虽然没有汤姆反应那么快，但他的慢性子经常会带来出乎意料的好结果，“如果就这样走了，你的飞机留在这里会不会被人偷走？”

“就算偷也偷不了多远，”汤姆说，“但我还是采取点安全措施吧。我会断掉开关，这样他们就开不走它了。即使安迪·福格亲自来，也只能把飞机砸掉了事，不过我想他不会露面的。”

汤姆弄断了用来连接电气设备的跳线，这样就没有人能够开动飞机了。接着，他又把飞机推到一个小谷堆后面。然后，他和奈德回到了有马车印记的大路上。

“快点！”汤姆催促说，他开始向着胡德镇的方向前进，这附近有很多民宅，“我们可以问问道路两旁的人，是否见到有马车经过？”

奈德说：“为什么你会认为他们走的是这条路？”

“我想，他们急着离开村子，但又不愿意被人们见到。”

“我不同意你的观点。请稍等一下，我们应该再看看这些印记。或许它们可以帮助我们找到正确的方向。”

两个人又仔细地研究起马蹄和轮子的印记，汤姆突然欢呼一声，他有所发现了。“马车是从村子里来的，停在道路边。你是对的，奈德，他们的确没有返回镇上。”

“你确定？”

“当然了。你过来看看，如果马车转向，会有痕迹留下，但是这里什么都没有——即使是在草地上转向，也应该有一来一回两条线路的痕迹。现在这里只有一条印记，马车应该没有转向，它继续前进了。这边走，奈德。”

他们一路急行，很快就来到了一处人烟密集的农庄里。一番打听之后，他们却没有得到什么有意义的消息。这里的居民都没有注意到那辆车，因为这里有太多车经过，而汤姆他们又说不出车辆的特征。现在道路依然柔软，但上面的车轮印和马蹄印却变得更多，根本无法识别出那缺了一小块的橡胶轮的车轮印。

“喂，我觉得再跟下去也不会有什么结果了。”奈德说，

此时他们已经追踪了几里地，却仍然一无所获。

“再多问一家，如果仍然不行，我们就返回吧。”

汤姆也表示同意：“我会把这件事告诉爸爸，问问他有什么看法。”

“马车？”当他们问到一位老农夫时，对方重复了一下，“嗯，让我想想，今天早上的时候，我的确是看到一辆。它应该是橡胶轮子的，因为我现在回想起来，它的声音很轻。”老农夫咕哝着，“除了狗之外，家里没有谁被惊醒。”

“马车上有一些俄国人，是吗？”汤姆激动地问道，“其中有一个是蓄着胡子的、身材高大的男人？”

“对，你们这么一说，我想起来了。”老农夫坦率地说，“当时还很早，我并没有特别注意他们。我早起是因为要挤奶送给乳酪厂。所以除了我之外，没有人知道这件事。我亲眼看到马车从路上过来，当时我以为这是一辆办喜事用的马车，因为他们租的这辆车平时不会有人用，只有婚丧嫁娶时才会有人用。最近，没听说有人要办丧礼。”

“除了这些之外，您还看到什么？”奈德问。

“没有了，我看不到里面。时间太早了，天还没亮，而且他们还放下了窗帘。”

“这太可疑了！”汤姆兴奋起来，“我觉得这就是我们要找的。”之后，他们告诉老农夫有一位朋友被强行带走了，而他们正在寻找他。

“您能告诉我们他们去哪里了吗？”汤姆问道，他非常希望能得到一个肯定的答案。

老农夫用一种令人恼火的、慢吞吞的语调说：“他们看到我的时候停了一下，有一个人问我这里离沃特维尔还有多远，我告诉了他。”

“为什么您不早说？”汤姆急忙问道，“为什么不告诉我他们准备去坐火车？”

“你没问呀，”农夫回答，“这有什么区别呀？”

“每一分钟都很宝贵！”汤姆解释说，“我们要追赶那些

家伙，或许火车站的人能够告诉我们他们的目的地，我们就可以追踪了。”

“不要担心，”老农夫安慰他说，“那个时候经过沃特维尔的车没有几辆，乘客就更少了。杰克·爱朋斯或许会让你上火车的。”

“非常感谢。”汤姆很有礼貌地道了谢，然后招呼奈德快走。他转身朝被绑架者的房子的方向走去。

“那不是去沃特维尔的方向！”老农夫在身后喊他们。

“我知道，我们要去取我们的飞机。”汤姆回答道，结果他听到了老农夫在身后的低喃。

“真是两个疯子！他们俩疯了！去取他们的飞机！难道他们俩是从疯人院里跑出来的，而那些人是在抓他们回疯人院？唉，我得接着干我的活了，这跟我有什么关系！”

奈德跟他的伙伴一边走一边说：“他爱怎么想就怎么想吧，只要我们走的方向对就行了。”

当沃特维尔站的管理员杰克·爱朋斯看到两个小伙子从飞机上下来，出现在他面前，问他今天早上坐火车的那些可疑的陌生人时，他并没有像老农夫一样疑神疑鬼。杰克相信自己是不会被任何事情吓到的，除了有一次他收了一张假币，给了对方车票，而不得不向公司补钱之外。

但是令汤姆和奈德失望的是，他无法为他们提供更多的帮

助。他当然看到了这帮家伙。他们驾驶着一辆租来的马车，其中一个人好像有病，或者受伤了，因为他的头上缠着绷带，被人扶着上了火车。

“那一定是派卓夫斯基先生。”奈德断言。

“一定是，”汤姆也表示同意，“他们打伤了他，并且给他喂了药。请问爱朋斯先生，您能告诉我们他们买了去哪里的票吗？”

“不能，因为他们根本没买票。他们可能已经买好了，或者会在火车上补票。有一个人留在马车里。我知道的就这么多。”

在回肖普顿的路上，汤姆和奈德开始讨论下一步该怎么办，他们意识到这一次遇到麻烦了。

汤姆说："他们可能会从这里到纽约之间的任何一个车站下车，或者在枢纽站换乘另一趟车，这真是一件麻烦事。"

"或许我们需要找专业的侦探。"奈德提议。

"我也是这样想的，"汤姆说，"在派卓夫斯基先生被那些间谍带出国境前，或许只有他们才能找到他。如果他们失败了，那一切就都完了。我要跟爸爸谈谈这件事。如果他同意，我会请最好的私家侦探。"

当汤姆向父亲讲述了这段经历后，斯威夫特先生当场表示同意。一天之后，肖普顿最著名的侦探拜访了汤姆，并表示接下他的委托。

起初侦探传来的消息很令人振奋，他找到了派卓夫斯基先生乘坐的火车，确定那些可疑分子是俄国警察。之后，他一路追赶到了纽约，线索却突然断了。

侦探在信中写道："如果他们还待在大城市，事情还好办一些。如果待在周围的城镇里，那就要花点时间去找了。"汤姆马上回电报给他，让他继续搜索。

但是一连数周却再无任何消息传来，久得就连汤姆都开始放弃希望了。不过这段时间他也没闲着，一直在制造滑翔机，目前已经接近尾声了。最后，从遥远的俄国传来了一条出人意料的消息。

汤姆接到一封信，一封有着奇怪的信封、邮票和邮戳的信。这些无不昭示着它来自沙皇统治下的俄国。

“你觉得这里面写的是什么？”奈德问道，因为收信的时候两个伙伴恰好在一起。

“一点头绪都没有，但是我很快就会知道。”

“也许是俄国警察写给你的，警告你离西伯利亚远一点。”

“或许吧。”汤姆一边看信，一边心不在焉地回答道，“嘿！好消息！”他突然大叫起来，“天大的好消息！来自圣彼得堡的最新消息！仔细听着，奈德！”

“这封信来自一个秘密团体的总部，这是一个反政府团体。信上说派卓夫斯基先生被单独关押在大西洋海岸的一间茅舍里，那里离纽约并不远。信上说在桑迪胡克湾附近，还附上了去那里的方法！”

“哦，不！”奈德大叫道，太令人难以置信了，“居然是俄国人先知道了他的位置。”

“信里面对这件事做了详细的解释。”汤姆说，“那些秘密警察抓到派卓夫斯基先生后立刻与在圣彼得堡的总部官员取得了联系。要知道那里遍地间谍，派卓夫斯基先生的朋友很快就收到了消息，甚至还弄到了关押他的详细地址。”

“他们为什么要关押他？”奈德问道。

“信里面也说了，因为必须从他以前在西伯利亚的监狱中邮寄一些文件过来才可以办理合法拘捕的手续，这些文件

现在已经在路上了。所以他的朋友们催促我们马上行动把他解救出来。”

“但是他们怎么会有你的地址？”

“这很好解释，虽然你可能并不这样认为。按信上说的，派卓夫斯基先生与我们结识后就立刻写信给他在圣彼得堡的朋友，不仅随信寄去了我们的地址，还告诉他们如果有变化就立刻跟我们取得联系。如你所见，当发现自己被人监视的时候，他就预料到可能会发生某些事情。

“这些都发挥作用了。他的朋友们一听到他被捕的消息，就立刻打听他被关押在哪里，然后通知我们。看，奈德，这就是最终的线索！现在写信给侦探，让他不要再查了。哦，不，先等等，我们亲自去那里救他回来！我们可以坐飞机去，顺便到纽约捎上屈维特侦探。”

“这事儿得组个团！我跟你一起！”

“上帝保佑我吊带裤上的纽扣！无论如何，算我一个！”达蒙先生正好从门外走来。

解救派卓夫斯基先生

“汤姆，我们应该先赶到附近的某个地方，找个落脚点。”

“奈德，我也这样想。但是你知道飞机不能飞得太近。”

“上帝保佑我的礼帽！”达蒙先生说，“汤姆·斯威夫特，我希望我们不会在那种不毛之地进行长途跋涉。”

“达蒙先生，我们多少总是要走一点的。”汤姆答道，“如果离茅舍太近，那些间谍就会看到飞机。他们可能已经知道派卓夫斯基先生接触过我，会立刻感觉事情不妙。万一他们带着他逃跑了，我们的一切努力就前功尽弃了。”

“你说得对。”屈维特侦探说，他是这架飞机上的第四位乘客。现在飞机正在大西洋海岸线上盘旋，距离著名的避暑胜地阿斯伯里帕克十里左右。

话说当汤姆收到俄国的来信，确知被绑架的俄国人被关押在哪里之后，他马上采取了行动。几个小时后，他们便启程了。

汤姆的父亲同意他开走一架飞机去执行营救计划。达蒙先生

也获得了批准，可以一起参加行动。奈德当然是必不可少的。他们在纽约捎上了正在努力寻找派卓夫斯基先生下落的私家侦探先生。

现在我们的发明家和他的朋友们正盘旋在大西洋沿岸、桑迪胡克地区的下游地带。他们正在寻找郊外的一个小渔村，因为俄国人在信上说派卓夫斯基先生就被关押在其中一个独立的茅舍里。

在飞机徐徐降落的时候，达蒙先生提出了一个问题：“汤姆，隔着这么远的距离你能认出它吗？”此次乘坐的飞机并不是那架他们准备用来去西伯利亚的大型飞机。这架飞机虽然没有那架飞机大，但也足够他们四人乘坐，并预留了派卓夫斯基先生的位置——如果他们能顺利地把他营救出来。

“我想我可以。”汤姆简短有力地回答了达蒙先生的问题。

俄国的来信中除了准确地描述了监狱的状况，还介绍了一些守卫人员的细节。在沙皇统治下，政界极为混乱，鱼龙混杂，没有人能分清哪些人是沙皇的密探，哪些是反对派。后者为汤姆提供了详尽而可靠的资料。

“看起来就是那个地方。”用高倍望远镜观察了一段时间后，汤姆最后确认了目标。这段时间里，奈德不住地打量着他说的那个船屋，这也是汤姆选择的据点。“信上说这里有一间极大的船屋，”汤姆继续说，“俄国人了解一些这里的情况，这个屋子是极好的地标。现在我们要在他们发现我们之前降落。”

其他人也赞同这个主意。很快飞机就降落在一片沙丘中间，这里距离关押囚犯的茅舍大约两英里。

“现在，”汤姆说，“现在要制订作战计划。不能让所有人都进到茅舍里进行营救，应该有人留守飞机。如果顺利的话，只要我们把派卓夫斯基先生带来，就立即起飞。”

“那么我留守就没有意义了，”屈维特侦探说，“我连打火都不会。”

“那么就只能从奈德和我之中选一个了。”汤姆说。

“我留守。”奈德自告奋勇，表示愿意留守。虽然他很想参加营救行动，但他也知道自己是最适合的留守人选，因为达蒙先生同样不熟悉机械装置的操作。

于是在安排好所有环节后，汤姆一马当先，带头出发。天

刚刚暗下来，他们计划在天黑前找到茅舍。

“随时做好起飞的准备，”汤姆告诉奈德，“我们会迅速跑回来。”

“我知道。”奈德的回答简短有力。

之后，一小队人整装出发了。

他们必须沿桑迪胡克湾的海岸前行。岸上不时出现一些简陋的住宅，因为是夏天，都还没有开放，靠近大海的一侧则不断地响起海浪声。按照信中的指引，汤姆认为茅舍应该坐落在一排矮小的铁杉丛中，当中有一条小路直通大海，周围再无建筑物。

小分队一路缓行，尽量避开那些无关的房屋。俄国人的信

中也没有更多的内容了，现在他们必须依靠自己的力量做出判断。实际上，对于关押位置，就连写信给顶头上司的间谍也没有做出详细的描述。

走了大约1.5英里后，汤姆说：“看起来就在那边。”远处有一间孤零零的茅舍还亮着微弱的灯光。

队伍小心翼翼地向前行进着，随着距离越来越近，他们已经清楚地看到从茅舍的窗户中透出的灯光。

“先观察一下。”侦探建议说。

“好的，我们先看看。”汤姆说。

汤姆向前爬行了几步，以便更好地观察窗内的情况。看了一会儿后，他就让开位置，让其他人过来观察。

透过半拉开的窗帘，达蒙先生和屈维特侦探都看到了他们要解救的俄国人。他正坐在桌边，脑袋趴在胳膊上。屋子里还有另外三个男人。房角放着一把来复枪，枪离其中一个警卫很近。

“防守很严密呀。”达蒙先生低声说，“汤姆，我们该怎么办？”

“现在的形势是三对三，”汤姆回答说，“但是最好是不用搏斗就能直接带他走。我想我们还是有机会的。我先过去敲门，制造一些动静，并且以沙皇的名义要求他们放我进去。这会让他们吓一跳，最好能把三个人全都吸引过来。达蒙先生，你和侦探先生就待在窗边，只要他们向着门口奔去，你们

就拿木桩敲开窗户，接应派卓夫斯基先生跳窗。然后，你们就向着飞机跑，我随后就来。就这么办。”

“我找不出不这样做的理由。”侦探说，“来吧，汤姆，我们已经准备好了。”

再仔细观察一番，确定警卫确实没有发现救援队伍的出现后，汤姆走到了茅舍门前。这是一间曾经供渔夫们使用的小屋子。

汤姆一边用力敲门，一边用低沉而威严的声音努力喊道：“开门！快开门！我以沙皇的名义命令你们开门！”

时刻准备行动的达蒙先生和侦探透过窗户看到两名警卫已经奔向门口，守在派卓夫斯基先生身边的那位也正准备移动。

“来吧！”侦探对他的伙伴说，“砸窗！”

就在两名男子奔向门口准备对付汤姆的一瞬间，一段巨大的木头砸碎了窗框。

“派卓夫斯基先生！这里！”达蒙先生从破碎的窗框中伸进头去喊道，“快出来！我们是来救你的！上帝保佑我家的风箱，太棒了！快来！”

自从听到汤姆那奇怪的叫喊和敲门声后，派卓夫斯基先生就已经有了心理准备，他立刻扭头向窗边看去。一声惊叫过后，派卓夫斯基先生从打破的窗口跳了出去。就在此刻，守在他身边的警卫也一个箭步冲了过来，试图抓住他，同时大叫道：

“有人逃跑了！有人逃跑了！那些暴民来了！快来人呀！”

制造滑翔机

达蒙先生继续清理窗边被木桩砸坏的现场，这里到处都是碎裂的木屑和飞溅出的玻璃碴，这会妨碍派卓夫斯基先生从窗户那边爬出来。

“快来！快来！”这个古怪的人一边招呼着，一边还不忘继续祈祷，“上帝保佑，别让我这么紧张！我们是来救你的！快来！”

这时，派卓夫斯基先生越过了警卫，跑出房间，另外两名警卫则刚刚打开门看到汤姆。间谍们忽然意识到他们受骗了，离派卓夫斯基先生最近的警卫已经采取行动，他的手抓到了出逃者的衣角。

“脱掉衣服！快把衣服脱了！”达蒙先生大叫，这个时候他已经清理好了窗户，恰好可以容一个人通过，“不要让他们抓到你！”

“我也不想呀！”派卓夫斯基先生说完，突然一转身，卸

掉了自己的衣服，也脱离了警卫的掌控。

只一瞬间，逃跑的人已经靠近了窗台，而想从窗台跃出必须有人帮忙，现在他恰好能够得到达蒙先生的援助。三名警卫则全力追赶要逃走的人。

“加油！加油！”达蒙先生用力大喊。

“我们会帮你的！”汤姆大叫，他已经完成了任务，也顺着茅舍的外墙跑到了后窗下。

“别害怕，我们会接住你的！”侦探先生和汤姆异口同声道。

“拽住他！抓住他！别让他跑掉！”身后的三名警卫发出刺耳的尖叫声，“他们有帮手，有一群暴民来营救他。伙计们，快开枪，打死他，绝不能让他逃掉！”

“如果你们要玩射击游戏，我奉陪到底。要不我先露一手给你们看看！”侦探先生大声说道，同时迅速拔出他的左轮手枪，向天鸣枪示警！

“有炸弹！有炸弹！”警卫们惊恐地大叫道。

“现在还没有，以后可说不准！”汤姆咕哝着。鸣枪示警的效果出奇地好，三名原本想追过来的警卫立刻缩了回去，这为派卓夫斯基先生争取了足够的逃跑时间。在三名警卫再次赶上之前，在达蒙先生的帮助下，派卓夫斯基先生顺利地爬出了窗口。当枪声回落，一切回归正常后，他已经脱离了警卫的控制。此时，警卫也已经意识到，他们被骗了，根本没有炸弹，也就是说他们是相对安全的。

“快走！”汤姆大吼道，“向飞机那里跑！我们要在他们追来之前到达飞机那里！”

说完，汤姆就一马当先，向通往飞机藏身处的路上冲。达蒙先生和侦探两人把派卓夫斯基先生架在中间，紧随其后。

“你还好吗？”汤姆回头问派卓夫斯基先生，“你受伤了吗？能跑吗？”

“我很好，”对方给出简短而肯定的回答，“前面带路，他们会很快追上来的。”

“当他们看到这个的时候或许会停下来。”侦探先生不屑一顾地说，同时轻轻地挥舞了一下手里的左轮手枪。淡淡的月光下，手枪闪着光芒。

“他们追上来了！”很快汤姆就发现了情况，两前一后三个人的身影正从屋角显现出来。因为没人接应，他们无法像派卓夫斯基先生那样抄近路，这为朋友们赢得了一点时间。

“站住！停下来！”其中一个人用颇为纯正的英语喊道，“那个人是我们的囚犯。”

“已经不是了！”汤姆回敬道，“他现在是我们的人了。”

“快看！他们准备射击了！”达蒙先生大叫道，“上帝保佑那些黑火药不好用！侦探先生，你不能想法子阻止他

们吗？”

“唯一的方法就是我先开火，”屈维特先生答道，“但是我不想伤到他们，只能再次向天鸣枪。”

他这样说，也这样做了，警卫们的确也被震慑住了。汤姆匆忙间回头一瞥，他们似乎正在商量着什么，同时还看到了他们手中的兵器所反射出来的光芒。看来三个人曾经打算使用武器，但后来还是放弃了。他们再次追赶上来。显然，他们得到的指示是把人活着带回俄国，因此不想伤到他。

“快点！”汤姆叫道，“快点！”

他确实在前面跑得很快，也希望后面的人能跟上他的速度。但是后面三个人都不擅长奔跑，而且由于派卓夫斯基先生之前受过虐待，他的速度尤其慢，另外二人只好适应他的速度。

“我怀疑我们是否来得及跑上飞机。”汤姆迟疑地说，他已经意识到飞机的位置有点远。虽然警卫们落后了一段距离，但显然他们的速度更快一些。“现在变成赛跑了，”汤姆想，“真希望飞机的位置再近一些。”

现在真的是在赛跑，警卫们似乎也看出他们不会真的射击，追赶的时候毫无顾忌了。他们与跑在最后的派卓夫斯基先生的距离不断缩短。

“我们得加快速度了！”汤姆吼道。

“上帝保佑我的牛皮鞋！”达蒙先生说，“这已经是我最快的速度了。”

话虽如此，他还是奋力一搏，派卓夫斯基先生和侦探先生也同样努力。之后便没有人再说话，所有人都在奋力奔跑。大约跑出半英里后，汤姆和他的朋友们之前所积累的优势已经荡然无存，突然空中传来一阵令人震颤的轰鸣声。

“上帝保佑我的那些汽油！这是什么声音？”达蒙先生说。

“飞机！这是飞机！”汤姆说，他看到一个巨大的阴影正在缓慢地向他们靠近，“奈德带着它来接我们了。”

“太好了！”侦探先生大声说，“我们现在正需要他！”

“这里！奈德！这里！”汤姆大叫道。很快，他们就沐浴在一片耀眼的红光中，是奈德打开了机头的探照灯，光束聚焦在朋友们身上。奈德已经清楚地看到了逃亡的队伍，很快就以一个优雅的降落姿势把飞机停到了汤姆身边的空地上。

奈德大声说：“按照你的指示，它已经准备好了，随时可以再次起飞！”

“来吧！”汤姆对大伙说，“再加把劲我们就安全了！”

“上帝保佑我的针线包！”说完之后，达蒙先生就开始了最后的冲刺。

三名警卫早就被眼前的庞然大物惊呆了。飞机隐藏在黑暗中，当他们注意到探照灯光的时候，突然意识到时机已经失去了。虽然他们也进行了最后的冲刺，但是太迟了。这边汤姆、达蒙先生、侦探先生和派卓夫斯基先生刚刚从侧舷爬上飞机，那一边奈德已经启动了飞机。赛跑比赛到此结束了，年轻的发明家和他的朋友们取得了胜利。

汤姆进入飞机驾驶舱开始驾驶后，大声对奈德说：“你解救了我们大家！你真是我们的福星！我们根本无法跑完原有的距离，我们把飞机停得太远了！”

“你们出发后，我也觉得这个距离有点远，”奈德回答说，“所以我决定开过来接应你们。为了不在黑夜中错过你们，我不得不把飞机开得极慢。”

现在他们的速度已经提起来了，奈德调整了探照灯，让它向下照射三个倒霉的警卫。警卫们只能站在高处眼睁睁地看着逃犯在他们的眼前迅速消失。

现在他们已经飞行了一段距离。“派卓夫斯基先生，现在可以享受您的第一次空中之旅了，”汤姆调侃道，“感觉如何？”

“我太兴奋了，都不知道怎么形容好了！这种感觉真不赖！我最想问的是，你们是怎么找到我并把我救出来的？”

接下来，大家向派卓夫斯基先生讲述了他们的搜索历程，以及那个来自俄国的线索，而派卓夫斯基先生也向他们讲述了当天被捕的经历。那天他正在吃早餐的时候，三名间谍闯了进来，其中一个人就是负责盯梢的那位，另外两个人则一直隐藏在暗处。为了防止他呼救，他们给他下了药。他被当作囚犯单独关押在茅舍中，每天都觉得自己会被带回西伯利亚继续服苦役。

派卓夫斯基先生再三就汤姆一行人的勇敢行为表示谢意后，说：“若是再晚一天就来不及了，因为抓捕我的正式文件将会到达，这样他们带我返回俄国的最后障碍就被清除了。因为没有官方文件，他们不敢带我离开美国，仅凭政治犯这个理由还不足以引渡我。他们都是造假的高手，这次的文件就是以

其他罪名起诉我的。”

“我们很高兴能及时把您救出来，”汤姆真诚地说，“我们稍做准备，很快就可以出发去西伯利亚了。”

“坐这种型号的飞机？”

“是的，但是体积会更大一些。您会喜欢它的。现在我唯一的希望就是我的滑翔机能够发挥作用。”

汤姆加快了飞行速度，最终在午夜前赶回了肖普顿。斯威夫特家为归来的派卓夫斯基先生举行了盛大的欢迎仪式。侦探先生的任务已经完成，接下来的活动他不需要参与，所以结账走了。派卓夫斯基先生则作为家庭的一员被邀请参加接下来的

活动。

“在我们做好准备出发前，您最好一直待在这儿，”汤姆说，“我们会照料您的生活，之后还需要您为我们指路寻找铂金矿。”

“没有问题，”派卓夫斯基先生笑着说，“我保证会尽全力帮助你们。自从被捕以来，只有你们是真正待我好的人。”

第二天，汤姆继续捣鼓他的滑翔机。这次他的帮手又多了一个，派卓夫斯基先生是一位擅长机械的高手。

简单地说，滑翔机与飞机相似，不过没有发动机。它靠强风吹在横板上的强大动力来启动，如果空中有强大的气流，它就会像一个箱形的风筝一样扶摇直上。它有水平或垂直方向的操纵杆，以保证在顺风或逆风的情况下都能调整姿态，保持平衡，同时也达到起降的目的。也因为如此，它不能逆风飞行，只能顺着狂风的方向行进，这有点像帆船的“迎风转向”。

就像上面说到的那样，风力越大，滑翔机的效果越好。实际上，如果风不够猛烈，滑翔机的起飞都成问题。

“这正是西伯利亚那个地方所需要的！”逃亡者说，“那里的风永不停歇，在那里季风本身就是风暴。”

“这也是我们想要的！”汤姆兴奋地说。他已经做好了几个滑翔机的模型，每当发现其中有错误的时候就会在模型上进行修改，最终将获得恰当的尺寸和形状。

大型滑翔机的中部是最难制造的，现在他们就在制造这一部分。这里是一个封闭的空间，要携带乘客、食物和其他给养物资。按汤姆的计划，这里可以乘坐五六个人。

几周之后，制造的进度明显加快，整个工程已经接近尾声。而那些俄国间谍也消失了，没再出现。

某一天的晚上，当他们结束了一整天的辛苦工作后，汤姆宣布："我们的准备工作已经基本完成，现在只等来一阵好风了。"

"全都完成了吗？"奈德问。

"还没有，但做一次试飞是完全可以的。我现在需要的就是风。"

好风送我上青云

空中传来一阵嗡嗡声，挂在高柱子上的电报线晃个不停，好像要在汤姆·斯威夫特家门前开一场风鸣琴音乐会。就连房屋也好像在晃个不停。

“哎呀！起风了！”早上被吵醒的汤姆大叫道，此时他的滑翔机已经为了这场风等待多日，“我从没见过这么大的风，这应该差不多了，我得打电话给达蒙先生和奈德。”

他急急忙忙地穿上衣服，然后又停下来看了看窗外，仔细观察了一下风力。几棵被吹倒的树证明这真的是一场大风。要知道那些根基不太牢靠的树是很容易被吹断的。

“伯格特夫人，咖啡准备好了吗？”下楼梯的时候，我们的英雄招呼道，“我来不及了，得快点开饭。”

尽管时间紧迫，汤姆还是享用了一份不错的早餐，之后就打电话给他的两位朋友。他们二人均许诺马上过来，我们的英雄则马上对滑翔机进行调整，使之进入试飞模式。

开始的时候，他还有点担心，怕风会停。但是一走出门外，他就敏锐地感觉到风比之前更猛烈了。这让汤姆非常满意。实际上，这场风为肖普顿地区带来了不小的损害，当然这些是汤姆事后才知道的。

毫无疑问，这是一场极大的风暴。普通的飞机在这种天气条件下根本无法起飞。就连那架大型飞机，汤姆也觉得没有起飞的把握，但是他现在并不需要进行那项测试。

在去停放滑翔机的仓库的路上，汤姆自嘲地想着："或许我的滑翔机也无法开动，虽然模型的表现很好，但是体积大了结果就难说了。无论如何，我得亲眼看看。"

当奈德赶到的时候，汤姆正在忙着调整飞机的负重平衡。

"老天爷呀！"奈德疲惫地倚着仓库的门，喘着粗气说，"汤姆，这风可够猛的！你觉得这次试飞安全吗？"

"我不知道，奈德。我只知道没有风我飞不起来！"

"待着没事儿的时候，我替你想了好几次！"

"为什么！我还指望你跟我一起飞呢！"

"哦，不，不！"奈德假装害怕，"你知道我还没买意外事故险呢！"

"奈德，你不需要那玩意儿。只要我们能飞起来，之后就会一切顺利。抓住这里，我要把后面的重量顺着杆向前移一点。我希望达蒙先生能快点来。"

古怪的达蒙先生很快也赶到了，汤姆和奈德刚好把机器调整好。

“上帝保佑我的袜子！”达蒙先生叫道，“汤姆，你真的要今天飞吗？”

“我确定！你不是要跟我一起吗？”汤姆朝奈德眨了眨眼。

“上帝保佑我的……”达蒙先生刚一开口，突然意识到这是在做戏，就立刻改口说，“汤姆，我当然要去的。如果你的滑翔机已经完成了，这上面理所当然会有我的一个座位。我要去！”

汤姆立刻问道：“奈德，现在你怎么样？”

“现在需要我来决定去还是不去了，我真的希望没有这次飞行。”他盯着窗外看了看，一副希望看到风停的样子，但是风却比之前更猛烈了。

因为滑翔机没有发动机，不能靠快速跑动来实现升空，所以汤姆希望从山顶上起飞。也就是说，他们除了要把滑翔机推出仓库，还要送到四分之一英里外的山顶上。这可是一项极为艰苦的工作，但是他希望风能帮他，让他的滑翔机升到空中。

为了避免滑翔机在地面滑行时翻倒，或者在大家准备好之前就升空，他们准备了拖拉用的绳索。绳索的一头系在沙包上。很快他们就发现这样做的缺点，就是凭人力无法推动滑翔机在自行车路上滑行。

“我认为我们需要伊瑞德卡特和他的骡子。”在做了一番无用功后，汤姆出了个主意，“当滑翔机上天后，我就能掌控一切了，但是现在我需要帮助去推动它。奈德，你能去叫一下瑞德吗？”

很快，那位古怪的瑞德和他的忠实伙伴骡子飞镖就出现了。可怜的飞镖被套在滑翔机上，拉着这个大物体向山顶走去。

“现在看看会发生什么。”汤姆一边推着他的新发明一边说。风势很猛，只要固定用的绳子一松开，滑翔机就会被吹走。现在全靠地上的重物牵扯着滑翔机使其继续留在地面。

汤姆最后一次仔细地检查了压舱重物、机翼以及方向舵。他瞥了一眼滑翔机前部的小型风力计，刻度盘上显示每小时60公里。

“应该够用了，”他说，“现在谁要跟我一起？派卓夫斯基先生，您意下如何？”

“首航我就算了。”

“来吧，奈德和达蒙先生跟我来，派卓夫斯基先生还有瑞德去解绳子。”

如果非要说风力有什么变化，那么只能说它变得更猛了。真是一场可怕的飓风，但也是一场盼望已久的东风。可是，滑翔机的效果究竟会如何？这才是汤姆眼下最关心的问题。

“放绳子！”汤姆向派卓夫斯基先生和伊瑞德卡特喊道，他们听到后立刻解开了绳索。

片刻之后响起一片急促的轰鸣声，滑翔机随风展翼飞向天际。

不期而至的间谍

“我们真的飞起来了！”奈德说，他和汤姆并排坐在滑翔机的机舱里。

“是的！”汤姆自豪地回答，手里还握着两个操纵杆，一个控制飞机的方向，一个控制重量，“我们正在飞行，我敢肯定我的设计没问题。下面要观察的是它能在空中待多久，还有

舵的控制。”

“上帝保佑我的发型！”达蒙先生叫道，“汤姆·斯威夫特，你不会是想告诉我，你要一直待在风里吧？”

“我就是这个意思。如果是那些依靠发动机提供动力的飞机，是不可能一直待在空中的，但是滑翔机不一样。这也是它的特性之一，可以一直滞留在空中。正是因为这样，我们此次去西伯利亚要依靠滑翔机。我们可以一直在风中盘旋，同时利用望远镜来查找迷失的铂金矿。”

因为滑翔机仍在倾斜着向上攀升，奈德问道：“你要飞到多高？”如果你曾经抛过铁片或石子，就不难想象，在角度正确的情况下如何攀越到气流的顶峰。我们的滑翔机就在做着这样的事情，它正在以一个倾斜的角度向气流的顶峰攀爬。

“至少也要升到二百英尺，”汤姆回答道，“如果风势能一直这么强劲，还可以升得更高一些。反正已经飞起来了，就索性好好测试一下。”

奈德透过滑翔机底部一块厚厚的玻璃板向下看去，可以看到派卓夫斯基先生和伊瑞德卡特正在注视着他们。

“上帝保佑我的围巾！”达蒙先生叫道，还好他的注意力终于返回到滑翔机上了，“这跟坐普通飞机一样呀。”

“除了没有机械动力外，”汤姆说，“这些重物不会提供任何动力。”他不断改变它们在滑杆上的位置，以便在滑翔机

突然倾斜的时候保持平衡。

“我们在降落！”奈德惊叫。

“没有的事，”汤姆回答他，“我只是在向你展示如何操纵滑翔机，我们在利用重物的滑动上升。”

他马上又演示了一次，把滑翔机送上了另一个巅峰，直到气压计显示滑翔机已经到达四百英尺的高度。

“我觉得这已经是所能达到的最大高度了，”汤姆沉吟了一下说，“现在让我们看看它能不能在这里盘旋一会儿。”

他开始缓慢地移动重物，这相当于利用复式杠杆的原理影响飞机的平衡，飞机直到快翻了仍然可以随风前进。汤姆能够感觉到机翼的尖端处已经开始卷曲。

汤姆解释说：“我们要做的是与空气中的平流层平行，尽量让风从两侧的机翼吹过，就像放箱式风筝那样。只不过我们的滑翔机没有绳子牵着走罢了，它必须依赖机翼表面的摩擦力来发挥同样的作用。我觉得能行。”

这是一项相当精细的操作，在这方面汤姆也没有太多的经验，因为飞机和飞艇利用的都是与此完全不同的原理。他小心翼翼、一点一点地移动着重物，调整着机翼终端和方向舵的位置，直到一直向外观察的奈德说：“我们终于稳定下来了！”

“太好了！”汤姆兴奋地说，“这就算成功了！”

“我们可以去西伯利亚了？”达蒙先生问。

“是的，”汤姆给出了肯定的回答，“如果我们运气好，还可以救出派卓夫斯基先生的弟弟，找到比黄金更有价值的铂金矿。”

实际上他们的滑翔机并没有完全停留在某一点上，而是略有前行。一方面是因为机械制造上仍有缺陷，另一方面也是因为汤姆的操纵技能还不熟练。

机身表面的摩擦力还没有达到平衡，导致风对滑翔机的推动力略有偏差。但是考虑到飓风那恐怖的力量，能达到现在的效果已经相当不错了。如果再考虑到下面还有如此强烈的风暴，那么它的表现堪称完美。

滑翔机之所以能够飞起来，完全是飓风的功劳。滑翔机就像一个巨大的箱型风筝一样悬挂在空中，唯一不同的是滑翔机没有线来牵引它移动，只有载人的“大箱子”。

“总体来说还不赖！”奈德大声说，“汤姆，你学会控制它了吗？”

“我想应该会了。我会试着让它按我的想法飞，试试性能。”

通过不断地调整重力、改变平衡、收放机翼，汤姆让滑翔机在空中忽上忽下地盘旋，有时几乎要落地，又突然转而向上，远远望去宛如一只大鸟在空中翱翔。之后他彻底转变方向，这样虽然无法获得最大速度，却能测试滑翔机后侧方的抗风能力。

“基本称得上是完美，”汤姆说，“只要再稍加修改就能全部搞定。”

三人从机舱中走出后，焦灼的伊凡·派卓夫斯基先生立刻迎上来询问：“滑翔机的性能如何？”伊瑞德卡特则赶着他的骡子要把滑翔机拉回去。

“我觉得还有地方需要改进，”汤姆一边准备下山一边说，“我很快就会搞定。”

“然后我们就去西伯利亚？”

“一个月内。大型飞机也需要修理一下，然后我们就可以出发了。”

派卓夫斯基先生没有再问什么，只是用手抓着汤姆的手臂摇晃，以表达他的深切感激之情。

之后，滑翔机又进行了几次试飞，表现一次比一次好。最

后汤姆决定改变重力的调整方式。他把所有时间都放在了滑翔机上，而奈德、达蒙先生和其他人则全力准备大型飞机，把去流放地所需的所有物资转运到飞机上。

临近出发时，汤姆变得越发焦急。他几个晚上都在调试滑翔机，奈德偶尔会过来帮帮他。在妻子允许的时候，达蒙先生也会来搭把手。派卓夫斯基先生则一连几个晚上给俄国朋友们写信，希望能获得一些线索确定他兄弟的位置。

一天晚上，他们像往常一样忙碌着，汤姆和奈德在伊瑞德卡特的帮助下干一些粗活。突然，令大家都很担心的意外发生了。

当时，汤姆正在滑杆上调整一些新的重物，他对奈德说："嘿，老伙伴，把那把活动扳手递给我用一下，行吗？用小扳手拧不开这个螺丝帽。它就在靠后窗的长凳上。"

奈德去拿工具的时候顺便向窗外瞅了一眼，突然站着不动了。他透过玻璃盯着漆黑的外面看了一会儿后，突然大叫起来："汤姆，我们被盯上了！外面有好多间谍！"

"什么？"汤姆也吃了一惊，"他们在哪儿？是些什么人？"

"我不知道。这些俄国警察就在外面，或许我们能逮住他们！"

奈德拿着大扳手蹑手蹑脚地向滑动门走去，汤姆手持铁棒跟在后面，就连伊瑞德卡特手里也拿了一对钳子。

"我的天啊！"黑人叫道，"如果让我抓到他们，我会捏断他们的鼻子！"

启　程

外面一片漆黑，只有几颗星星发出微弱的光芒。突然从明亮的室内走到这种黑暗的环境中，汤姆、奈德还有伊瑞德卡特都不太适应。开始的时候，他们似乎什么也看不见，只能站在那儿让眼睛适应一下环境。“你还能看到他们吗？”汤姆问奈德。“看不到，但是我能听到！就在那边！”奈德大叫。在一片模糊之中，他能够看到前面有几个人影在晃动，因而并没有撞上他们。奈德开始向对方奔去，汤姆紧随其后。

现在汤姆已经听到前面有几个人正在奔跑，但是没看到。如果单凭声音就能判断他们是间谍的话，那么这些间谍正在匆忙穿过飞机修理场附近的田地。

要想追上他们几乎是不可能完成的任务，但这几个小伙子都不是轻言放弃的人。他们奋力追赶，希望能抓住刚才在修理场的窗户边偷窥的人，但结果并未如愿。

逃跑的脚步声变得越来越弱，最终他们彻底失去了线索。

“最好还是停下吧。”汤姆建议道，“我们这样跑下去也不是个办法，而且还可能会有危险。”

“危险？什么危险？”奈德气喘吁吁地说。

“他们或许会躲在某棵树边或者灌木丛里，这样就能避开我们。”

“如果抓到他们，我会敲碎他们的脑袋。”伊瑞德卡特咬牙切齿地说。

“你是对的，”奈德说，“再追也没什么意义了，我们回去吧。”

“他们是一群什么装扮的人？”经过一阵追踪后，汤姆

已经决定放弃，但还是想再找找线索，“奈德，你看到他们了吗？”

“我也不是很清楚。就是在帮你拿扳手的时候，我看到了两张脸正对着窗户往里看。可能是我惊到他们了，他们立刻就躲开了。后来我叫了出来，他们就全跑了。”

“你看到安迪·福格了吗？”

“我没注意到他。”

“有没有在茅舍里看守派卓夫斯基先生的那几个间谍？”

“我并没有看清楚他们的样子，因此我无法判断。”

“的确如此，但是我敢肯定是他们。”

“汤姆，你觉得他们接下来会如何行动？”

“两种方案，要么再次抓走我们的俄国朋友；要么想办法对付我，让我无法去西伯利亚。”

“你认为他们会这样做？”

“我敢肯定他们会这样做。这些俄国警察搞错了，他们把派卓夫斯基先生当成了革命党、暴民，因此他们认为采取一些手段把他送回西伯利亚的矿中是完全正当的行为。如果俄国政府认为这样做是正确的，他们就一定会这样做的。这点我毫不怀疑。”

“但是为什么你认为他们会知道你要去俄国？”

“他们获取信息的渠道是你我完全无法想象的。这个世界上有许多反政府组织，他们制造炸弹、阴谋暴动，总之会采取各种手段。也因此，一个行当应运而生，就是警探。他们有自己获得情报的渠道。我完全相信在派卓夫斯基先生的朋友们中就有这种人存在，他们会把情报源源不断地送回总部。”

“为什么你不提醒一下派卓夫斯基先生？”

“他和我有同样的看法。可问题是不到最后一刻，你不会知道谁是间谍。我很高兴不必和这类人和事打交道。我只要到达西伯利亚，帮助派卓夫斯基先生救回他的兄弟，再搞到一些铂金就很满足了。一旦离开俄国，我就绝不再回沙皇统治下的土地。”

“态度正确。那好吧，我们回去继续修理滑翔机吧。”

“我们还是让伊瑞德卡特来巡逻吧，免得再被人窥视。”

“我的天啊！”伊瑞德卡特一边用手摆弄着钳子发出咔嗒声，一边发誓说，“如果被我抓到，我就捏死他们！”

当晚之后很平静，没有再发生什么事情。当汤姆和奈德结束工作后，他们觉得滑翔机的准备工作快完成了。

大型飞机换上功率更大的发动机，它的准备工作也基本完成。与此同时，可怜的派卓夫斯基先生也得到了一点更确切的消息，对他兄弟的位置有了点了解，所以他们准备启程了。

在汤姆和他的朋友们的共同努力下，滑翔机的性能已经日臻完美，与其他飞机相比丝毫不逊色。一周后，在风力适合的

一天，汤姆做了一件让他的朋友们大开眼界的事情。他像操纵热气球和飞艇一样技艺娴熟地操纵着滑翔机。

大型飞机也做好了长途旅行的准备，配备了巨大的储油罐。因为他们也不确定在西伯利亚能否获得补给，所以就提前做好了准备。此外，他们还做了一些跨洋飞行的准备。

“如果出现最糟糕的情况，我们还可以让发动机烧煤油。”汤姆解释说，他已经做好了所有准备，“在俄国，到处都能搞到煤油。”

派卓夫斯基先生也从他的俄国朋友那里得到了最新的消息，也是最确切的消息，他的兄弟目前正在爱博罗尼山北部的某个硫矿中，大致是在山脉与爱库斯库城之间。

“也有可能是在某个盐矿里，”派卓夫斯基先生在向大伙介绍情况时说，“很难搞到关于流放者的确切消息。”

“好吧，总要尽力一试。”汤姆做了最终的决定。

准备工作在有条不紊地进行着。他们后来再也没有发现间谍来窥视他们的滑翔机修理场。大型飞机已经做好了跨洋飞行的准备，猎鹰随时都可以出发。等到了西伯利亚，他们则会改用滑翔机。

最后一道工序是把所有给养都装到飞机的大容量机舱里。汤姆还对路线进行了详细的规划。在一个阳光明媚的夏日清晨，他向玛丽·奈斯特、他的父亲、管家还有伊瑞德卡特等人

道别后，启程了。

“你不想出去走走吗？”汤姆问已经决定留在家里的黑人伊瑞德卡特。

“不了，汤姆少爷。”他答道，“西伯利亚太冷了，那里不适合我。我还是待在温暖一些的地方比较好。”

“那好吧，照顾好你自己和飞镖。”汤姆笑着答道，然后他一拉操纵杆，气体进入气囊，飞机正式启动了。

“我想现在我们已经摆脱了间谍的纠缠。”奈德说。飞机已经跑了起来，他们正在向跟在后面的朋友道别。

“希望如此吧。”汤姆说。但是他也注意到，在树林的掩护下，两个神情阴险的男人正恶狠狠地盯着缓缓移动的飞

机。彼此之间的垂直距离并不远，不过他们的出现足以改变汤姆和奈德的看法。

之后，飞机聚集了足够的动力，一跃腾空。很快，巨大的螺旋桨转动起来，他们正式开启了解救流放者和寻找铂金矿的西伯利亚之旅。

海上风暴

要想到达遥远的西伯利亚，汤姆一共有两条路线可以选择。他可以横穿美国，然后越过太平洋，从西海岸的中国东北上空进入沙皇俄国的领土。相比之下，他更喜欢走大西洋，过海后横穿欧洲直接到达目的地。汤姆做出这样的选择是基于以下几个原因：

首先，在海面上飞行的路程会大大减少。因为无法预料何时会因何种原因而发生迫降之类的事情，因此减少在海面上空飞行的时间就变得尤其重要。即使遇上最糟糕的状况，大西洋上也会有更多的船只提供救助——虽然他希望永远不要出现这种情况。

“另外，还有一层原因，”在讨论的时候，汤姆对奈德说，“如果横穿欧洲，我们还有机会参观一些民主国家，比如在巴黎附近停一下。”

“巴黎！”奈德大声说，“为什么？”

“去补充一点油料还有其他物品。”汤姆说，“虽然我们并非必须在那里补给，但沿途多补给一些，到了俄国就不用再补给了。再说，法国货的质量不错，所以我考虑再三，还是觉得欧洲路线最好。”

奈德和派卓夫斯基先生都支持他的想法，而达蒙先生则忙着整理他的卧室，以及保佑一切他能想到的东西，所以根本没有时间来参加讨论。东行路线就这样确定下来，大型飞机带着朋友们和他们的给养，还有那架神奇的滑翔机越飞越高。汤姆不断调整角度，最终确定了大西洋的方向，飞了过去。

第二天，他们已经在大洋的上空了。汤姆并没有让飞机全速前进，因为出发的时候比较忙乱和仓促，现在他们有空来思考一些事情了。

飞机以近乎完美的状态飞行着，汤姆发现与热气球或飞艇等其他飞行工具相比，他的飞机毫不逊色，完全可以自动飞行。

他说：“前面的航程还很长，因此我们要尽力节约每一点能量。如果出现最糟糕的情况，我们不能像真正的飞机一样飞行，那么还可以像热气球一样飘。但是在有油料的情况下，飞行的速度快一些。”

其他人也赞同他的观点，这件事就这样定了。汤姆看到飞机的飞行状态良好，就让奈德去负责管理所有物资，便于需要时随时取用。

当然在到达沙皇的领土、接近西伯利亚派卓夫斯基先生兄弟的流放地之前，他们所能做的最舒服的事情就是待在机舱里。这并不难。

其实，对于一架携带了大量物资的飞机来说，除了升空和推进之外，还真没有太多的事情需要做。由于事先已经考虑到了每一个细节，我们的朋友没有感觉到一丁点儿的不适。飞机上居然还有一间装备齐全的厨房，达蒙先生自告奋勇地要当厨师，这原本是伊瑞德卡特的事情。从炖汤到烤鸡的所有菜肴制作，这位古怪的先生都精通。只要他愿意，几乎所有他认识的食材都可以入菜，因此达蒙先生可以自由进出厨房。

大部分时间，汤姆和奈德都待在驾驶室或发动机室内。虽然所有的机器都会自动运行，但仍然需要有人监视，万一出现紧急事故也好及时处理。飞机可以向着设定的方向飞行几个小时。

飞机上有供六个人休息的卧室和就餐的餐厅。简而言之，猎鹰跟汤姆之前的红云相差不远，只是更大、更舒适；而且还有一台留声机，可以播放乐曲、歌曲和诗朗诵以供乘客娱乐。

此时正值第二天的正午，乘客们刚刚享用完午餐，正顺着机舱底部的玻璃窗观看下面波涛滚滚的大洋。“上帝保佑我的餐巾！这东西确实很棒！”达蒙先生兴奋地说，“我觉得没有

多少人会有这么难得的机会。”

“我也这样认为。”派卓夫斯基先生补充说，“我都不敢相信这是真的，我居然在回西伯利亚解救我兄弟的路上！”

“最妙的是我们赶上了好天气。”奈德说，“我很高兴咱们没有遇上暴风雨，在水面上遇上这种天气是最讨厌的了。”

“我们恐怕就要遇上了，”汤姆说，“气压的表现不正常，回落得有点快。”

“上帝保佑我的水银柱。”达蒙先生大声说，“我希望我们的旅途一切顺遂，没有坏运气。”

“我们无法阻止风暴的到来，”汤姆答道，“但只要做好准备就不会受到伤害。”

所有人立刻行动起来，小桌子上面那些可以移动的东西也都被固定住了。当夜幕降临后，我们的朋友们齐聚休息厅，在电子照明灯的照耀下，愉快地讨论着眼前的情势。达蒙先生跟汤姆、奈德一样有一定的驾驶技术，可以承担晚间的航行任务，但是派卓夫斯基先生则无法独立承担此项任务。

午夜时分，达蒙先生结束了他的轮值班次，叫醒了汤姆，说：“上帝保佑我的雨伞。汤姆，天气情况很不乐观。”

“为什么这么说？发生什么事了？”

“什么也没发生，不过云层越积越厚，气压则不断下降。”

“恐怕我们还是赶上了。”汤姆回答道，“总之，我们随

机应变吧。”

飞机在既定的航线上飞行，为免受风力的影响，年轻的飞行员检查着各项计量器的读数，小心地调整方向。现在风越来越大，他不得不提高航速来应对。

汤姆摆摆头，咕哝着：“我不喜欢这样，一点也不喜欢。”

暴风雨来临前的沉寂是最可怕的。凌晨三点左右，风暴终于破开海浪从大洋上呼啸而至。先是一阵可怕的闪电和雷鸣声，接着高空中的猎鹰迎来了猛烈的暴雨袭击，斗大的雨滴狠狠地砸在它坚固的机身上。

“快来，奈德！”汤姆大叫，他已经按下了连接伙伴舱位

的电子警铃，“我需要你和达蒙先生的帮助。”

“出什么事了？”奈德从甜美的睡梦中醒来，大叫道。

“我们遇上了猛烈的暴风雨。”汤姆说，“我必须得到你们的帮助。我需要更多的气体，快把它们传上来。”

“上帝保佑我的吊灯！”达蒙先生大叫，“我希望什么也不要发生！”

当达蒙先生从座位上赶来时，猎鹰正摇摇晃晃地穿越风暴。雨水打在机身上，又落入下面的大洋中，形成不断翻腾的白色泡沫。

一场事故

又过了一段时间，猎鹰好像要投入翻滚的海水里一样。风暴来得如此突然，又如此猛烈，这让驾驶飞机的汤姆有些措手不及。他已经无法提升飞机的功率，或者说，眼下飞机已经无法抵御这狂风暴雨了。现在的飞机就像一张巨大的纸片，随风飘浮。由于高度一降再降，现在水面上巨浪翻滚起来的浪花已经能够打到飞机的底部了。奈德透过底部的玻璃窗看着黑色的海水闪着妖冶的光芒，原来海水距离他们如此之近。

“汤姆！”他大叫道，“我们正在往下掉！”

“上帝保佑我的沐浴海绵！别再说下去了！”达蒙先生大叫道。

“这就是我叫你过来的原因，”汤姆说，“如果可以的话，我们要升到风暴的上面去才行。奈德，去把所有的油料都给我弄来，我们要开足马力。我会为马达加速，只有这样才能劈开气流。前提是你得尽快弄来油料，现在装油料的袋子里只

装满了一半。全力去做，能装多少就装多少！”

说完，汤姆接着又对达蒙先生说道：“达蒙先生，你能来控制方向舵吗？我们现在必须顺风航行，不能有丝毫偏差。只要它还在飞，你就向上拉舵！我们必须冲上去！”

“好的，汤姆。”达蒙先生人虽古怪，关键时刻却不含糊。他一个箭步冲到汤姆的位置上，替换下了汤姆。

“我能做点什么？”派卓夫斯基先生问，此时汤姆正向发动机室赶去，他要想办法把速度提升到最高！

“我想不需要再做什么了。所有的事情都分派完了。或许你可以帮帮达蒙先生，在这种风力下掌舵是很困难的。

“好的。”伊凡·派卓夫斯基先生回答道。语音未落，飞机就开始了一阵令人难受的震颤。整个飞机差点被掀翻。

汤姆紧贴着各种可以支撑的设施，艰难地奔向发动机室。“坚持住！”汤姆大叫，“坚持住！无论如何都要坚持住！否则下一分钟我们可能已经在海里了！”

情况看起来确实很糟，风不断地向下吹，而巨大的海浪好像随时会吞噬掉我们的飞机，而猎鹰却丝毫没有反抗的能力。

只一瞬间，汤姆便到达了发动机室，向着自己的方向猛地拉动加速器，马达立刻起了反应。随着一阵低沉的、类似人语的响声响起，所有的齿轮都以双倍的速度旋转起来，巨大的推进器猛烈地推动着空气。

与此同时，汤姆听到了气体发出的嗞嗞声，气流从发动机中涌出，迅速地冲入气囊中。这说明奈德也适时打开了放气阀。

“现在我们应该能升起来了。”汤姆自言自语道。他焦急地盯着气压计，不停摇摆的指针表明飞机还在不断摇晃和倾斜。

在相当长的一段时间里，飞机仍处在风雨飘摇中，无论是增加推进器的速度还是增加气体量都没有起到效果。达蒙先生和派卓夫斯基先生紧贴在方向舵上，以免被掀到机舱的另一边。他们尽力弯起身子，使用最大的力气来操纵飞机。即便如此，效果仍然不明显。

风暴的力量如此巨大，即使发动机和给气量已经达到极限，猎鹰仍然没有摆脱危机。它不停地摇摆着，几乎要被巨浪吞没。

“它起来了！它起来了！”汤姆拼命地大叫道，好像他的意志终于发挥了作用把飞机送上了天空一样。这个时候风暴好像突然停了下来，在狂乱中出现了短暂的宁静，飞机利用这一时间迅速腾空，宛如一只发现了危机的大鸟向云层中躲藏。它终于在这一瞬间飞了起来！

“太好了！”汤姆终于舒了口气，他观察着不断摇摆的气压计，指针显示他们到达了一个前所未有的高度，“我们安全了！”

真是惊险，不过最终机械动力还是战胜了不利因素。虽然有倾盆大雨、电闪雷鸣，但是飞机仍勇敢地向着既定的航线飞去。它在不停地上升、上升、上升。

在松手之前，汤姆把马达控制器调整到了最大功率处，然后赶紧去看气体推进器。他发现奈德还在那里，所以推进器的一切工作也都处于令人满意的状态。

“汤姆，怎么样了？”他的伙伴焦急地问。

“奈德，现在好了，刚才真是九死一生！我想我们可能要累死了，铂金矿、要解救的流放者，还有很多很多。”

“我也有同感，还要继续放气吗？”

“是的，只要气囊不满就一直放。我要去驾驶室了。”

走到驾驶室后，汤姆发现达蒙先生和派卓夫斯基先生已经把所有能做的事都做了。汤姆又帮了他们一会儿，猎鹰此时已经回归了正常的轨道。汤姆把飞机设置成自动飞行模式。大家终于有时间喘口气了。

在风暴层上飞行也不是一件容易的事情，因为风暴层本身也有数英里厚，如此大幅度地提升高度，汤姆也很害怕再次出现事故。因此又飞了一英里左右，发现一处气流比较平稳的区域后，汤姆便将飞机控制在一个比较合适的速度上。此时飞机已经不再摇晃、翻腾。

暴风雨持续了整个晚上，不过危机已经过去了，机器仍在正常运转。汤姆和奈德一直小心地照看着机器，以免出现意外。清晨的时候，他们仍能看到机身下风暴扫过的海面，心中不免升起劫后余生的心悸感，还好没有被淹没在大海里。

“对于爱好者来说，这真是一个良好而又困难的开始。”派卓夫斯基先生说。

“哦，慢慢就会习惯了。”达蒙先生说。

三天后，暴风雨才彻底消失，他们终于迎来了好天气。在这三天里，猎鹰始终保持着较高的飞行速度，我们的朋友也在忙碌中度过了三天。他们抽空还会讨论一下降落的地点等问题，准备制订下一步的行动计划。

到了第五天晚上，他们预计应该会在第二天早上看到法国的海岸线。汤姆还在驾驶室内设置夜间飞行的路线，而奈德则去了发动机室查看马达的供油情况。

当汤姆准备返回机舱的时候，伴随着一声巨响，一道火光一闪而过，机器突然间停转了。

“怎么了？”汤姆大叫道。当他跑到驾驶室后，发现指针显示飞机处于异常状态。

“出事了！”奈德大叫，“汤姆，出故障了，我们应该怎么做？”

寻找配件

闪电和轰鸣过后，机舱里是一阵不祥的沉默。汤姆迅速看了一眼机器的整体状况，马上就发现主发电机和磁发电机都短路了，无法提供动力。由于推进器处于停止状态，飞机便处于下降状态，很快就会沉下去。

“上帝保佑我的气压计！”达蒙先生叫道，他也赶到现场了，“汤姆，我们正在下降！”

“这没什么可怕的，”我们的英雄平静地说，“虽然的确是个恶性事故，我们可能会因此耽搁一些时间，但并不危险。奈德，启动气动装置。”按照计划，现阶段他们应该以飞机的模式前行，“现在我们要以充气飞艇的模式飞行。”

“对呀！为什么刚才我没想到！”奈德大叫，心中豁然开朗。飞机正在迅速下落，只一会儿工夫，气动装置便已启动，下坠的趋势终于止住了。

此时，汤姆已经检查好了那些已经损毁的电子产品。“现

在我们得想办法让风把我们吹到法国去。”汤姆解释说，“如果风向不变，我们应该会在清晨到达海岸，很幸运这与我们计划的方向并不冲突。”

“那么以后你都不能使用推进器了吗？”派卓夫斯基先生问。

“不是，”汤姆说，“只要我们到了法国，我就可以很轻松地修理这些设备了。还是铂金轴承的问题。我真的希望这次能顺利地找到铂金矿，因为我太需要优质金属了。”

“就是说我们必须在法国着陆了？”派卓夫斯基先生问，他看起来多少有点不情愿。

“是的，”汤姆回答道，“你不愿意？”

“嗯，我在考虑我们的安全问题。”

“上帝保佑我的缎面大礼帽！”达蒙先生叫道，“为什么你会认为在那里降落会有危险？我还想在巴黎待上一会儿！”

“如果没有人知道我是逃犯，没有人知道我们要去西伯利亚寻找铂金矿和救另一位犯人的话，我想那是没有什么危险的，但事实并非如此。因此我认为我们会有危险。”

“但是他们怎么会知道？”奈德问道，他已经从气动舱返回了。

“法国，特别是巴黎这种大城市，堪称政治间谍的温床。”派卓夫斯基先生答道，“俄国人在那里安插了好多密探，沙皇政府的反对派也云集于此，但他们能为我们提供的帮助有限。”

“我想如果我们自己不泄密的话，他们应该发现不了。”汤姆辩解道。

“我是怕万一被发现，”派卓夫斯基先生回答说，“在肖普顿盯住我们的间谍肯定已经给总部发了电报，我们上路的消息对方已经知晓。虽然他们不知道我们会在何时何地着陆，但是只要我们一着陆，消息就会立刻传出去。我们是俄国抓捕对象的事情就会尽人皆知。剩下的不问便知。”

“那么我们去别的地方。”达蒙先生建议说。

“整个欧洲都一样，”派卓夫斯基先生说，“所有大国都有他们派的间谍。”

“好吧，但是我还得去巴黎，或者其他能满足需要的、规模大一点的城市。因为很不幸我没有准备多余的发电机和电磁机。在太小的地方，我没法找齐需要的配件，必须找到大一点的配件商店。或许我们可以把飞机停在人迹稀少的小地方，然后我自己去城镇。”

“也只能这样办了。”派卓夫斯基先生赞同道，他们决定一试。

此时，大家还有点担心他们是否真的能到达法国，毕竟现在一切要依靠风向了。好在风一直向一个方向稳定地吹着，汤

姆对此表示满意，毕竟他们的速度相对较快。他试着修复受损的机器，最后却发现真的无能为力，虽然他把整个晚上的时间都花在了这上面。

“哇！”清晨来临时奈德突然大叫道，他有了某些发现，“那边好像是陆地。”

大家在清新的空气中享用了早餐，又加大了气体量，让飞机飞得更高，方便汤姆寻找方向。同时飞得更高还有一个好处，就是万一飞过城市上空也不会引起人们的关注。

中午时分，透过下面的玻璃窗就可以看到大城市的郊区

了。派卓夫斯基先生仔细观察后说：“这里是巴黎的周边！我们绝不能在这里降落！”

汤姆说：“只要风不停我们就不会。”好在这次运气不错，飞机在一个小村庄附近的田野里降落了。虽然有几个农夫发现了飞机并用好奇的目光打量他们，但寻矿四人组却一致认为他们是相对安全的。

“现在我要坐第一班火车去巴黎，弄到我需要的配件。”接着汤姆又分派余下的伙伴负责能够自行修复的那一部分配件。然后他在距离火车站最近的一间旅店里订了房间，又雇了一辆马车，便决定启程了。

临行前，派卓夫斯基先生问道：“你会说法语吗？如果不会我可以充当翻译，但是我一露面……”

“不要紧，”汤姆打断了他，“我想我自己能搞定。”

汤姆有一些语言天赋，而且他知道在许多地方英语是通用的，因此问题应该不大。实际上，他也确实是畅行无阻。他很容易就在城里面弄清了路径，锁定了一家专门为机动车和飞机马达提供配件的商店。店主知道这些配件属于飞机的零部件，就询问汤姆有关的信息。汤姆害怕走漏消息，只能随口敷衍以免留下线索。

当他赶回停放猎鹰的地方时，天差不多要黑了，他发现一群人正在好奇地围观着什么。

“出什么事了吗？”他问朋友们。

“没有，我很高兴地告诉你，一切顺利。”派卓夫斯基先生说，“没想到我们的出现会引起这么大的轰动，消息肯定会传到巴黎，引起间谍们的注意。现在只有重新飞到天上才能令我安心。”

“修理飞机需要一天的时间，”汤姆说，“得把新的铂金轴装上去。我会尽快搞定。”

汤姆和奈德一直忙到深夜。一大早起来后，他们又接着干。达蒙先生和派卓夫斯基先生不太懂机械原理，所以无法参与修理工作。当汤姆站在飞机外，用一把临时做的虎头钳安装铂金配件的时候，一位衣着褴褛的男人踱了过来，好奇地看着他。汤姆瞥了他一眼，立刻发现此人的衣着与他完全不匹配。

虽然他衣着褴褛，但面容却颇为精致。他的手明显没有干过重活，这说明他既不是农夫也不是苦力。

“先生，您的飞机很不错。”他对汤姆说。

“是的，确实不错。”汤姆不想深谈这个问题。

“你们肯定是从美国来的？”

这个人的英语口音颇重，让人听着有些奇怪。

“算是吧。”汤姆回答道。

“可以参观一下里面吗？”

“不。”汤姆直接拒绝了他。手指不小心被锉刀弄伤了，现在汤姆的心情不太好。

“哦，里面有什么见不得人的秘密吗？”陌生人坚持道。

“是的！”汤姆的回答同样简短而有力，“我希望你不要再来打扰我，如你所见，我很忙。”

“我知道，难道你认为我看不到吗？”

对方的语气很不好，带着点威胁的意味。汤姆重新抬头打量了他一眼。在看到这个男人的眼神时，他有点吃惊。

“你想怎么样是你的事儿，”他酷酷地说，“我不管你是否看得到，我只知道我现在很忙。”

“先生，您太傲慢无礼了！”这位假农夫恼怒地说道，“说话一点也不客气，而且不是法国人。”

“现在我干完了！”汤姆被激怒了，“我不想与你道别，但是我已经干完了。如果你愿意自己待在这儿就待着吧。”说着他结束了手上的工作，向飞机走去。

汤姆匆忙之间并没有注意到这个男人动了，或者说他根本就是故意挡在汤姆要去的路上。总之无论如何，他们撞在了一起。假农夫立刻倒向一边，并且真的摔倒了。

“先生，你撞了我！我受伤了！你必须赔我！”他大叫着，跳起来，冲到我们的英雄面前。

“够了，是你自己故意来撞我的。你到底想要什么，我给

你就是了！”汤姆大声说完，摆了个防御的姿势。

那个男人正准备向他冲去，战斗一触即发。这时派卓夫斯基先生快步走到驾驶室开着的窗前叫道：“汤姆！汤姆！快过来，别理他！”

汤姆立刻摆脱那个男人，冲向了飞机。进入机舱后，他发现那个挑事儿的家伙正向村庄里狂奔。

“出了什么事？有什么问题？”他问派卓夫斯基先生，“飞机又出故障了吗？”

“没有，我只是想把你和那个男人分开。”

“哦，没事儿，我能照顾自己。”

“我知道，但是你知道他设局的目的是什么吗？我仔细听了他的话，很明显他是在故意找碴儿。”

“找碴儿？”

“是的，他是警探。他想找你打架，这样你就会被当地的警局扣留。只要把你关进监狱，我们就都走不了。这是一个局！汤姆，他们在怀疑我们了！俄国间谍已经得到了我们的消息！我们必须马上离开，能多快就多快！”

紧急起飞

伊凡·派卓夫斯基先生的话惊醒了汤姆，他一下子说不出话来。汤姆沉默良久，仔细回想着那个人奇特的外貌和行为，意识到了危险。

“他真的是间谍？”他又问了一遍。

“我肯定他是。”派卓夫斯基先生的语气十分肯定，“很显然，他既不是村民又不是游客。除了警探之外，我想不到还有什么人会被这个小村庄吸引来。还有，很明显他化装了。”

“这点我相信，”汤姆赞同地说，“那么他设局的目的是什么？”

“我们被怀疑了，”派卓夫斯基先生答道，“我早就说过飞机不能在法国降落，会很容易被认出来的。昨天晚上，消息就被送到城里了，今天间谍就直接杀过来了。”

“接下来会怎么样？”

“你没看见他去哪儿了吗？去村子里了。他要去报信，他

的鬼把戏失败了。很快，大批的间谍就会赶过来，然后随便找些借口把我们拘留或者直接投入监狱。他们可以说我们没有护照，或者随便找些诸如此类的理由。随便什么都可以留住我们。当然，他们的目标是我。我很抱歉连累了你们，让你们陷入危险。或许我离开，事情会更好办一些，而你们……”

“不，别说这种话！”汤姆诚恳地说，“正如本杰明·富兰克林或者其他前辈们所说的那样：‘我们要么团结在一起，要么被一个个绞死。’我不是那种扔下朋友让他独自面对危险的人。”

“上帝保佑我的革命者！我也不同意您的说法！”达蒙先生激动地说，“究竟是怎么回事？危险来自哪里？”

派卓夫斯基先生用尽可能简要的语言向达蒙先生介绍了事情的始末，就连在发动机室里工作的奈德也得到了消息。

“那么现在我们要怎么做？”汤姆问道，“要不我们卸掉武器，或者去搞一套法国护照？”

“这些都没有用，”派卓夫斯基先生回答说，“我很感激你收留我，但是现在唯一的解决方法就是快点修好飞机，马上起飞。”

“就是这样！”奈德说，“快点起飞，有很多车经这条路穿过村庄，所以这里很容易搞到汽油。有了油料我们就可以直飞西伯利亚，中间不需要再停留。

“小声点！”派卓夫斯基先生提醒道，“你现在无法确定周围是否有人在窃听。不过我们应该尽快离开。”

“我们明白，”汤姆说，“电磁机就快修好了！”

等到电磁机一修好，汤姆就立马催促道：“我们马上行动吧！那个人的出现意味着麻烦就要来了。如果不是心里有鬼，他不会试着在路上跟我吵。”

“现在看来，他说话的方式真的是有问题。”汤姆继续说，“开始我只是把他当作一个落魄的过路人，对于他的提问我没有丝毫不妥的回答。不过，奈德，我们得加把劲了。”

他们马上开工，而且效率很高。中午时分，主机终于可以运转了，不过那个间谍却没有再次出现过。毫无疑问，他在等待命令，形势分分秒秒都有可能发生变化。

“奈德，如果可以的话，去搞点油料，把油箱充满。我来修理发电机，让它也能转起来。”汤姆说，“只需要再稍作调整，我们就可以出发了。”

奈德进了村子，这里有一个油库。村里的人对他都很关注，但并没有表现出好奇的样子。他没有多想，也没有停下来问问这是为什么。另一个奇怪的问题是，平时围着飞机看热闹的农夫们也都消失得无影无踪了。他们好像也感觉到了不一样的危险气氛，不愿再蹚浑水。

奈德虽然没有多想，但他注意到那个在准备油料的工作

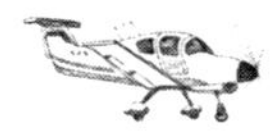

人员动作特别慢，还故意拿起一只油桶装作放错了的样子，并弄脏了他的衣服。最后，他还发现居然还有要修理的工具。

“我认为，他是在制造麻烦，拖延我们的时间。”奈德想到，“再说什么也不会有任何用处，看来真的要发生一些事情了。”他尽力帮助这个家伙，用尽一切办法督促他干活，但是这个家伙好像突然之间变得非常蠢笨，明明之前说过英语，现在却故意装作只会说法语的样子。

最后，奈德还是凭借自己的努力，把装满油料的桶运了回来。到了飞机的着陆点，虽然那个人也跟着上来帮忙，但是汤姆和朋友们还是自己动手装满了储油罐。

不过他还是起到了一定的破坏作用，有几加仑的油料被他泼到了外面。

“喂，你滚开，我们自己来弄！”最后，汤姆忍不住大叫道，“我知道你想……”

“别生气！”派卓夫斯基先生立即出言阻止，脸上带着温和的笑容，汤姆马上平静下来。

最后储油罐装满了，付过钱后，那个男人就走开了。

“现在我们要马上起飞！”汤姆大声说完，马上进入驾驶室，而奈德也迅速进入发动机室，“奈德，全速启动！”

“对的，现在必须这样做，也只能这样做！”派卓夫斯基先生说。

“为什么？”汤姆好奇地问。

“看那里！”伊凡·派卓夫斯基先生一边指着外面一边回答，那个故意与汤姆争吵的男人正向飞机的方向赶来。在这个间谍身边，还有几位身穿制服的警官，他们的腰间还挂着短剑。

“他们追来了！”达蒙先生大叫，“上帝保佑我的经纬仪，他们真的追来了！”

“奈德，启动马达！启动马达！”汤姆大叫，很快就传来了机器的轰鸣声。此时，间谍和警察先生们一边挥舞着手臂大叫，一边向这边跑来。

紧急追捕

飞机开始缓缓上升，然而这个上升的过程是那么漫长，他们似乎还没有离开地面，只能焦急地看着那些警官越来越近。他们已经清楚地看到警官们拔出了自己腰间的短剑。

达蒙先生叫道："上帝保佑我的足球！他们会戳破它的。汤姆，我们得想想办法！"

"他们不会有那个机会了。"汤姆说道，他的语气非常坚定。很快，巨大的推进器开始搅动空气，猎鹰在这一瞬间腾空而起，那群人被远远地甩在了身后。愤怒的间谍只能不甘心地向着越来越远的飞机挥舞手臂，然后一个警官拔出了他的左轮手枪。

"他们要开枪了！"奈德大叫。

"他们这样做对我们造成不了什么伤害，"汤姆酷酷地回答，"对于布袋来说，子弹打出来的小洞是很容易修复的。其他的地方根本不怕子弹。"

警官正在瞄准飞机，这时飞机正经过他的头顶，但是速度极快。间谍一把拉住他的胳膊。他们似乎在争吵。

“我很好奇这是为什么。”达蒙先生若有所思地说。

“或许他们不想卷入麻烦中。”派卓夫斯基先生回答道，“法国对于枪械的使用有严格的法律规定，而且我们根本没犯罪，只是嫌疑人。所以，我认为那个间谍不想招惹麻烦，毕竟他不是法国籍，搞不好会弄出国际纠纷。”

“那么你真的认为他是间谍？”汤姆问。

“这是毫无疑问的，我怀疑这只是麻烦的开始。”

“为什么会这样想？”

“消息传递的速度肯定要快过我们的速度，我们去的所有目的地都会有人监视我们。他们已经完全掌握了我们的行踪。”

“在到达西伯利亚之前，我们不会再降落了。”汤姆说，“我想这样我们就会清静许多，不会有那么多烦心事来打扰了。”

“或许吧，”派卓夫斯基先生说，“但我们还是要保持警惕。虽然一直待在空中是个很稳妥的决定，但是他们可能会……”

说着说着，他突然停下来，耸了耸肩。

“你想说什么？”奈德问。

“哦，只是突然想起来了一些事情，但是太遥远了，可能

不会有什么帮助。我们走的时候，他们在后面追的样子好滑稽。”他的语速很快，好像在尽力转变话题。

“是的，按照这个速度，我们很快就会离开法国。”汤姆一边给飞机加速一边说。他注意到派卓夫斯基先生似乎有什么话没有说出来，但是不久之后，因为发动机室里有些机械需要调整修复，他又重新投入到忙碌的工作中，把这件事忘到脑后了。

自从汤姆换了新的铂金配件后，电动机和电磁机的功率都很高，猎鹰比以往任何时候飞得都好。他们飞行在一个适宜的高度，能够看到许多好奇的男人、女人和小孩从家里冲出

来，向天空张望，久久凝视着飞机不愿意离开。巴黎已经被远远地甩在身后。傍晚时分，派卓夫斯基先生说他们已经到达了普鲁士的边境。看来他对欧洲地理有着深刻的了解。

汤姆和派卓夫斯基先生一起设计了路线，按照计划，他们将先飞往波罗的海南岸，然后折向西北飞行，从圣彼得堡的一侧穿过，之后就一路向北飞行；这样可以避开那些大城市，最后向东进入西伯利亚。

“从这条路线走，我们可以避开俄国警察的威胁。”派卓夫斯基先生说。

接下来的几天，他们都以平稳的速度飞行着，唯一的问题是马达需要的油料大于之前的预期。不过汤姆也意识到，这些问题需要自己想办法解决，因为直到回程之前他都没有地方去购买油料，否则就会引起不必要的麻烦，甚至可能被拘捕。

达蒙先生为大家做了美味的饭菜，令朋友们全程都感到很享受。虽然还有些需要操心的问题，但问题总归会解决的不是吗？

一天，汤姆坐在驾驶室里跟派卓夫斯基先生聊天：“即使我们没有找到铂金矿，但是只要有机会，我们也会帮你营救你的兄弟！想想看，天啊！如果能在那些哥萨克人搞清楚身份和发生了什么事情之前，降落，带上他，然后再飞走，那么这绝对是一件了不起的事儿。”

“我认为营救计划不可能实施得这么完美。”派卓夫斯基先生说，“我们得想办法从外交渠道上获得帮助，这是流放者离开西伯利亚的唯一方法。我们必须先给他捎个话，确定他的位置，同时也让他知道我们要帮助他，然后才能为他制订逃跑计划。”

说到这里，派卓夫斯基先生忽然变得悲伤起来，喃喃道：“可怜的彼得！我真希望能找到他，如果他真的在盐矿或硫矿里，那可真是生不如死！”他想起自己的流亡生涯，不禁打了个寒战。

“可是你怎样才能知道他到底在哪里呢？”汤姆问。

“我想唯一的办法就是与革命者取得联系。”派卓夫斯基先生回答说，“他们的手段很多，甚至可以发现国家机密。所以我想最好的方法是停在一些小镇附近，然后步行去西伯利亚。如果我们能够把飞机隐藏起来，事情会好办得多。我可以化装一下，然后去村里。”

“会不会不安全？”汤姆问。

“我会见机行事的，这是唯一的办法，因为我是咱们中间唯一会讲俄语的。”

“那就这样吧。”汤姆笑着表示同意，“我真的学不会卷舌，俄语跟中文一样难。”

“倒没那么复杂，”派卓夫斯基先生说，“但对于美国人来说，的确有难度。”

他们又谈论了一会儿后，汤姆注意到驾驶室墙壁上的某个自动计量器的指针显示设备有异常，需要去看一下，于是起身离开了驾驶室。

汤姆进入发动机室，发现达蒙先生不知道什么时候已经到了，他正站在那里一脸严肃地顺着猎鹰的尾部看向远方。

“你是在大白天观星吗？”汤姆笑着问道。

“上帝保佑我自己！”古怪的达蒙先生说，“汤姆，你吓到我了！我并不是在看星星，我是觉得天上好像有一块黑斑，而且有一段时间了。我在想是我的眼睛有问题还是真的有东西。”

“在哪儿？”

“一直向后看，”达蒙先生说，“大约有一英里左右。跟在我们后面差不多有十分钟了。”

经达蒙先生一指点，汤姆也发现了。“哦，我看到了，”他说，“应该没什么，可能是一只鸟比如一只鹰。不对，等等，我得拿望远镜来仔细看看。”

汤姆进入驾驶室里拿望远镜的时候，派卓夫斯基先生看到了他。

“怎么了？”派卓夫斯基先生问道。汤姆把事情告诉了他。

“一定是一只极大的鸟，不然这么远的距离是不会看到的。”

“或许它不是鸟，”伊凡·派卓夫斯基先生说，“我要亲

自去看看。”他的面容严肃。于是，两个人一起来到了达蒙先生正在观察的地方，奈德也走了过来。

汤姆迅速调整好了望远镜，仔细观察后面的黑斑，此时它好像变得更大了。汤姆仔细地观察了几秒钟。

“是一只鸟吗？”达蒙先生问。

“天啊！它是另一架飞机，一架大型飞机！”汤姆大叫，而且飞机里面还坐了三个人。

“一架飞机！”奈德也惊呼道。

“上帝保佑我的方向舵！”达蒙先生大叫道，“它怎么会出现在这种地方？”要知道他们正飞在荒凉的原野上空。

汤姆又观察一段时间后说：“确切地说，他们是在追赶我们。”

“我也这样想，”派卓夫斯基先生语气平静地说，“每当我安静地思考时，就觉得事情不会这么容易就结束的。正如我前几天所说，只要我们一停，就不太可能摆脱他们。法俄两国都有太多的高速飞机，因此它们很可能被派来追踪我们。他们现在是在追捕我们，恐怕是我的出现为你们带来了麻烦。”

“让它来吧！”汤姆大叫道，“如果他们能赶上我们，那说明他们的飞机性能很好。来吧，奈德，我们快点加速，让它跟在我们屁股后面吃灰。”

“再等一小会儿。”派卓夫斯基先生建议道，他从汤姆手里接过了望远镜，观察着后面不断变大的黑点。“你能确定这架飞机的速度吗？”看了一会儿，他问道。

“我还没见过哪架飞机是我甩不掉的，哪怕是他们先启动。”汤姆自豪地说，“除了我自己的小型飞机天空竞技者之外，别的都不行。我可以把它们放到能听到说话声音的距离，然后再轻松地甩开。”

“再等几分钟。”派卓夫斯基先生说，“这无疑是一架飞机，但我还不能确定它是哪个国家的。我想再看清楚点，如果方便的话，我想再靠近些。”

“哦，放心吧，非常安全。”汤姆表示，“我只要一个加速就能搞定了。”说完他马上返回驾驶室，其他人则继续留在那里，看飞机飞近。后面的飞机很快赶了上来，它展示出了强大的力量。这是一架大型飞机，里面坐着三个人。

“您觉得它是在追赶我们吗？”奈德问。

“嗯，我们的行踪被人盯住了，每到一个城市或村镇都会有人报告。”派卓夫斯基先生回答道，“要知道我们的飞机太大了，即使隔着很远的距离也能很清楚地看到。现在所有的俄国密探都把我们当成了敌人。”

“但我们还没有飞到俄国上空。”达蒙先生说。古怪的达蒙先生问道。

伊凡·派卓夫斯基先生拿着望远镜向地面看去。现在的位置并不太高，他能看到下面是个小村子。

“你知道我们现在在哪里吗？”古怪的达蒙先生问道。

“我们正飞过沙皇俄国的边境线，”派卓夫斯基先生沉声回答，“前面屋顶的旗杆上挂着俄国的旗子。”

“那架飞机来了。”奈德突然说。

他们警惕地看向后方，发现确实如此。

仅仅几分钟，飞机就已经赶了上来。

“汤姆！汤姆！”奈德大叫，“准备好冲刺了吗？”

“我已经准备好了，”我们的英雄平静地说，“要开始吗？”

“如果能再给我几秒，我就能告诉你们是谁在追赶我们了。”派卓夫斯基先生说完，用望远镜继续观察后面的飞机。

汤姆回答道：“我还可以让他们再靠近一点。”

派卓夫斯基先生没有吱声，他注视着正在逼近的飞机，过了一会儿才把望远镜从眼前拿开。

“还是那个我们遇到过的间谍，”他说，“还有两个人跟着他。这架飞机也归秘探所有。他们驻守在欧洲各地，承担各种紧急任务。的确，他们是在跟踪我们。”

负责追捕的飞机更近了，即使用肉眼也能认清彼此的身形。但是要想辨认具体特征还是要靠望远镜。派卓夫斯基先生正在用望远镜观察着。

“我应该加速了吧？”汤姆大声说。

“可以，能飞多快就飞多快吧。”派卓夫斯基先生说，“不要给他们动手的机会。”话音未落就听到一阵巨大的马达轰鸣声，猎鹰猛地加速，像一支离弦的箭一样冲了出去。

突然到访的革命者

这时后面正在追赶的飞机突然传来一连串激烈的响声，在晴朗的天空中听起来格外清楚。

“好像是炮弹！”奈德叫道。

“上帝保佑我的安全火柴！”达蒙先生说，“他们怎么可以这么无法无天？”

“这只是他们的发动机着火后闪出的火光。”汤姆说，“好了，现在他们完蛋了，我们已经甩开它了。”

他的话果然没错，一阵响声过后，两架飞机之间很快就拉开了较大的距离。而后面那架飞机里的三位乘客则在手忙脚乱地摆弄他们的发动机，但是毫无用处。

又过了一会儿，三位警察或者说是密探终于发现自己的飞行速度已经降了下来，便不得不以滑翔的方式进行迫降，因此猎鹰也不需要再继续维持这种惊人的速度了。一场追捕就这样结束了。

当亲眼看到间谍们迫降后，奈德说："还好，我们又一次幸运地摆脱了他们。"

"恐怕他们不会就此罢手，"派卓夫斯基先生预测道，"我太了解这些政府的密探了。修理好机器后，他们会继续追来的。"

"那我们就让他们忙个够，"汤姆设置好自动驾驶的参数后也过来跟大伙一起聊天，"如果他们再派飞机，那将会是性能极佳的，我们试着飞高一些吧！"

说完汤姆进入驾驶室，把高度提到上限。与此同时，间谍们也在努力修复自己的飞机，试图再次追上他们。不过很快他们就意识到这一切都是徒劳的，猎鹰已经飞远了，而且越飞越

高，最终完全消失在云层里。

“我猜他们现在有苦头可吃了，”奈德说，“我们完全可以想象他们的狼狈样儿。”

“别这么肯定，”派卓夫斯基先生说，“很可能过一会儿他们又跟上来了。要知道我们现在可是在俄国的领空，他们可以运用的资源太多了。他们会不惜一切代价来阻止我们的。”

“你觉得他们知道我们要去找铂金的事儿吗？”汤姆问。

“可能会，他们知道我和我的兄弟是仅存的两个到过那里的人，而且我一个人去那里不大可能，毕竟要有些同伴帮助才行。我也记得一些路标，但是相比之下，我的兄弟更擅长认路。不过我想他们最忌惮的还是我设计的那些可以解放生产力的工具。而我又反对使用暴力手段，”派卓夫斯基先生说，“我希望通过教育让社会底层的民众了解他们手中的权利。”

“那你觉得他们知道你要营救你的兄弟吗？”汤姆又问。

“我觉得不会，我也不希望他们知道。因为一旦他们意识到这一点，就会把他转移到我永远也找不到的地方。”

我们的朋友们逐渐从被追捕的兴奋中冷静下来，反复推敲着事情的始末，最后得出结论——飞机是从普鲁士的某个城镇起飞的。正如派卓夫斯基先生所说的，那里有俄国的秘密警察。现在猎鹰正在适宜的高度上高速地飞行着，飞出去几英里之后，大家基本上排除了被追上的可能性。于是汤姆降下了飞行的高度，因为如果空气太稀薄，会让人感觉难受。

大约三天后，经过仔细研究地图并用望远镜进行对照观察，伊凡·派卓夫斯基先生说："汤姆，如果能做到的话，请在这里着陆。这是一个离现在的位置不远的俄国小镇。那里有不少我的朋友，而且有一大片树林，便于我们隐藏飞机。"

"没问题，"汤姆表示同意，"马上就去，希望你能得到需要的消息。"

为了防止小镇上的居民看到飞机，汤姆特意在高空中飞了一圈，清楚地看到树林后才决定降落。自从离开肖普顿以后，猎鹰中间只停过一次，现在他们已经到达了千里之外的俄国。

“我们要在这里待几天。”汤姆观察了一下说，“如果您喜欢的话，派卓夫斯基先生，您想在小镇上待多久都可以。”

当天下午，我们的俄国朋友便粘上胡子，戴上墨镜，化好装，进入了小镇。

派卓夫斯基先生走后，汤姆、奈德还有达蒙先生就忙着收拾飞机，对飞行过程中表现不稳定的地方进行了修补。当夜幕降临的时候，外出的人还没有回来。汤姆有些着急了，打算出去找一找，但又觉得这样做并不稳妥。

“他会平安回来的。”奈德说。现在大家正在一起共进晚餐。周围是茂密的树林，一般人无法轻易穿过，只有打柴人的车经过时碾过的几条小路通过这里，派卓夫斯基先生已经向他们指明了路径。

当大家准备离开餐桌时，门外传来了一阵敲门声，这让大家都很惊讶。

“上帝保佑我的电子门铃！”达蒙先生惊奇地说，“是谁？”

“大概是派卓夫斯基先生吧！”奈德说。

“他不会敲门，直接走进来就是了。”汤姆边说边向门边走去。开门后，汤姆看到几个蓄着大胡子的人站在门口，而派卓夫斯基先生也在其中。

我们的英雄第一个反应就是他的朋友被捕了，警察来捉拿他们这些同党。不过对方的一句话让他放下心来。

“他们都是我的朋友，”派卓夫斯基先生简洁地说，“他们是反政府主义者，但是……”

“反政府主义者！是的！一直都是！”有个人用英语打断派卓夫斯基先生说，“干死沙皇和大公！彻底消灭政府！”

“冷静一点我的朋友，冷静。”派卓夫斯基先生说道，“你知道我反对使用暴力。”新来的朋友用好奇的眼光看着飞机，派卓夫斯基先生把他们请了进来。汤姆和其他人一时间都搞不清楚这是怎么回事。

抵达西伯利亚

“发生什么事了？”汤姆问道，“有人怀疑我们吗？他们是来警告我们的吗？”

“不，不，一切正常，目前来说还没有问题。”伊凡·派卓夫斯基先生说道，“我并没有得到希望打探到的消息，因此我们可能要在这儿等上一段时间才能知道我兄弟的下落。他们对我很好。”他继续说道，“因为现在启用了我不知道的新方法来传送信息，所以他们过来帮我。”

“就是这样！”一位之前从未开口的人说道，“派卓夫斯基兄弟，我们相信你此行一定会取得成功，让该死的沙皇和大公见鬼去吧！”

“不要！”派卓夫斯基先生坚决地说，“只有用和平的手段才能取得成功。虽然我们的政见不同，我还是要感谢你们为我做的一切。”接着，他又向汤姆解释说：“他们听到我描述的飞机，想过来亲眼看看。”

派卓夫斯基先生介绍了他们的身份后，革命者们的态度变得温和起来。对于读者来说，这是一群陌生的人，而且他们的名字在我们的朋友耳中听起来很拗口，所以这里就不再浪费笔墨介绍了。那么，就只简单地介绍一下那个英语还不错的领头人吧，他叫尼古拉斯·安卓夫斯基。接下来，派卓夫斯基和安卓夫斯基两位先生就用快而含糊不清的话语向其他人介绍飞机，讲述它是如何飞行的。

汤姆也加入了他们的阵营，充当解说："我现在还不能向你们展示滑翔机，因为它的位置距离这里比较远，而且这里的风力也不够。"

"这么说你需要很强的风力？"尼古拉斯·安卓夫斯基问道。

"风越强，它飞得越高。"汤姆自豪地回答。

"上帝保佑我的沙包，不过他说的是真的！"达蒙先生一直小心翼翼地跟在大伙后面打量着那些革命者，好像他们个个都随身带着会爆炸的炸弹一样，直到现在才敢说话。

"哈！"安卓夫斯基先生兴奋地叫了一下，突然转头看向古怪的达蒙先生，"你不是我们的人？你不相信这个恐怖的王国就要毁灭了？不相信即使我们什么都不做，也会有一个新的国家在这里出现？"说着他的手迅速伸向自己的口袋。

"哦不！不！"达蒙先生大叫，开始向后退去，"上帝保

佑我的选票！不要，我从来没扔过炸弹！千万不要给我那玩意儿。”说完他就抱头鼠窜了。

“炸弹？”革命者大叫，说着从口袋里掏出一些用俄文印刷的小册子，“我没有炸弹，我想给你一些宣传资料，是专门写给那些不了解我们政治立场的人看的宣传册。”他继续说，“认真看看，你就会理解我们所为之奋斗的事业。我相信你会改变看法的。”

说完他继续向前走，其他人则跟在他后面，而达蒙先生则落在奈德的后面。

“上帝保佑我的煤气表！”达蒙先生一边咕哝着，一边看着手上的小册子，“我以为他要给我一枚炸弹让我去扔！”

“我一点也不怪您，”奈德压低了声音说，“他们看起来真的像一群暴民，可能他们已经遭受了很多挫折，所以会觉得纠错才是唯一可行的方法。我觉得您应该读读这些资料。”他又笑着加了一句。

“嗯，我想我不会。”达蒙先生答道，“我大约能勉强看懂中文账单，但我会收藏它们以作纪念。”说完他就把那本小册子仔细地装到口袋里，似乎生怕它会突然变成一枚炸弹在空气中爆炸一样。

参观飞机的行程结束后，革命者们返回舒适的客舱里。令他们大为惊讶的是，他们居然分到一小份午餐。达蒙先生充满

自豪地奔波在客舱与厨房之间，态度颇为热情。他尽可能按照俄国人的饮茶方式安排茶点。

“你们的飞机真不错，真的很了不起。”安卓夫斯基先生说，“如果我们的组织里有这样一架飞机，我们肯定会把它开到沙皇或者大公的宫殿上面，在那儿盘旋一会儿，再扔下一颗炸弹，把那里彻底摧毁，然后在那些可恨的警察赶来之前撤退。”

“我想我不能把它借给你们。”汤姆说，革命者们这个可怕的想法着实让他吃了一惊。

“永远不要这样做，”伊凡·派卓夫斯基先生说，“只有教育才是改变的唯一出路。”

这个话题对于在座的俄国人来说有点沉重，于是大家换了一个比较愉快的话题来谈论。

“你们的计划是什么？”汤姆问派卓夫斯基先生，“你说你在这里没有获得你兄弟的消息？”

“是的，没有，他好像人间蒸发了一样。通常我们在政府里的人可以查到一些流放者的消息。但是可怜的彼得却一点消息也没有。他要么已经死了，要么被关在深山老林里的一个阴暗的矿洞里。”

“也许他就在那个迷失的铂金矿里。”奈德说道。

“不会的，那里还没有被发现。”派卓夫斯基先生说，“或许我的朋友们听到过什么，毕竟俄国政府还在找那座矿。”

“我们能找到的，只要坐在滑翔机里。”汤姆大声说，“派卓夫斯基先生，顺便问一句，你的朋友们能不能说出哪些地方有长年不停的狂风，或许这对我们寻找铂金矿很有帮助。”

“如果只有一个地方的风力符合你的条件就好了，”派卓夫斯基先生说，“但是西伯利亚的大山里有很多地方都符合这个条件，特别是一些地貌特殊的地方，它们的上空长年盘旋着各种风暴。所以这个方法并不可取，当今有效的方法就是先到我和我兄弟曾被流放的地方，然后再展开搜索。”

“那为什么你说我们不得不在这儿待上一段时间，以获得更多关于你兄弟的消息？”汤姆问。

“起初，我希望能在这里打听到一些消息。”派卓夫斯基基先生解释说，“到了这里之后，我发现我的朋友们都没有消息，目前待在这里是因为他们已经在帮我打探了，我要等回信。而且他们认为这里相对安全一些，镇子上本来就没有多少警察，当地的官僚机构效率极低。因此，飞机就暂时停在这里。我会不时地化装出入村庄，打探一下是否有消息传过来。”

“我们一收到消息就会马上通知你，”安卓夫斯基先生许诺道，“虽然你不是我们其中的一员，但看在你也反对政府的分上，我还是称你一声兄弟，并且希望你能尽快加入我们。”

“绝对不会，”派卓夫斯基先生微笑着说，“现在我唯一的心愿就是我的兄弟能平安归来，然后我们会移居到安静、自由的美国。汤姆，我希望不会浪费你太多时间在这里。”

“不会啊！我们此行的目的有一大半是搭救您的兄弟。我们必须先做好这件事。现在我们来谈谈细节吧。”之后他们便仔细讨论了行动计划。夜深时，革命者们侦查发现没有人在监视他们，于是便匆匆离开了飞机，并且承诺马上采用他们的秘密联络方法去打探消息。

接下来的几天，飞机一直待在这个俄国小镇的附近。我们的朋友待在人迹罕至的树林里，这里很少有农夫经过，最近的路距离这里也有半里之遥，因此一直没有人来打扰他们。

每天，不是派卓夫斯基先生进城去找革命者们，就是革命者们在夜里派人过来。

一周的时间已经过去了，汤姆问道："现在你们有消息了吗？"

"还没有，"派卓夫斯基先生回答道，他的语气里透露出深深的失望，"但是我们并没有放弃，所有可能的地方都试着找了，都没有他的消息。虽然没有他的消息，不过也没有什么坏消息。他好像被人从一个矿区转移到另一个矿区了。或许他们也担心我会回来救他。但是我决不放弃，他一定在西伯利亚的某个地方。"

"我们肯定会找到他的！"汤姆很有信心地说。

很快又过去了三天。夜晚，正当他们准备休息的时候，外面响起了敲门声。派卓夫斯基先生今天已经去过村子了，并没有收到什么消息。差不多一个小时前他才回来。

"有人敲门。"奈德说，他在怀疑自己是不是听错了。

"上帝保佑我的报警器！"达蒙先生咕哝着。

"我去看看是谁来了。"派卓夫斯基先生自告奋勇，汤姆则朝来复枪的地方走去。因为今天有一个樵夫从飞机边走过，他以为自己见鬼了，吓得飞快地逃走了。

敲门声继续响起，来的可能是他们的朋友，也可能……还好派卓夫斯基先生打了一个安全的手势，然后回到了门口，门口站着的人是革命者尼古拉斯·安卓夫斯基。

"发生了什么事？"派卓夫斯基先生立刻问道。

“我们收到消息了。”革命者小心翼翼地回答，边说边溜了进来，关上了身后的门。

“关于你兄弟的消息！他在阿尔泰山脉的某个硫矿里，离阿巴坎市很近。”

“那是什么地方？”汤姆问道，因为他的俄国地理知识已经忘得差不多了。

“阿尔泰山脉位于西伯利亚的中部，”派卓夫斯基先生解释道，“它起自吉尔吉斯草原，一路向西延伸，大部分都是荒无人烟的地区。我希望，我们找到那里的时候，彼得还活着。”

“那么阿巴坎市在哪里？”汤姆追问道。

“距离这里还很远，但我会给你们准备好一份高质量的地图。”革命者说，“我们也有一些朋友被困在那里了，我希望我们能把他们全部营救出来。”

“我们愿意帮忙，”汤姆说，“但是我担心完不成任务。不管怎么说，现在总算有线索了。来吧，让我们立刻出发！待在这里也会很危险，让我们去西伯利亚吧！”

被捕入狱

他们等待多日的消息终于来了，也许这只是一条假消息，但毕竟眼下有了目标，而且终日无所事事令汤姆感到厌倦。哪怕他们出发后，俄国人再次转移囚犯，至少他们还可以继续追踪。

“这是我们得到的最新消息了。”安卓夫斯基先生说，“这是从一些革命者朋友那里得到的消息，我相信它是可靠的。你的飞机可以迅速飞行1000英里吗？”

“当然可以，”汤姆回答，“如果我把它的速度调到最大。”

“那就这样做吧，”革命者建议道，“兵贵神速。我们的调查有可能会打草惊蛇，迟了他们恐怕会把彼德·派卓夫斯基先生流放到别的地方。”

“哦，我们马上就会到。”汤姆大叫道，“奈德，去看看气体发生器。达蒙先生，你来驾驶舱帮忙。”

“这张地图上绘制了最佳的路线，”革命者递给派卓夫斯基先生一张地图，“它可以让你们通过最短的距离赶到那里。但是你们在高空中如何认路呢？”

“用罗盘。”汤姆解释说，“我们会赶到的，不要害怕。我们非常感谢你们提供线索。”

派卓夫斯基先生激动地握着安卓夫斯基先生革命者的手说：“我对你们的感激已经无法用语言来形容了！”安卓夫斯基先生留下地图后就匆匆离去。后来，汤姆和他的朋友们从硫矿中成功解救流放者的故事就是从这里流传出去的，他们在俄国革命党人中渐渐变得家喻户晓。

当返回驾驶舱拉起启动杆后，汤姆兴高采烈地说：“让我们走吧！”于是，猎鹰在静悄悄的无尽黑夜里呼啸而起，飞向空中。在树林时还有革命者们提供的几盏小灯给他们照明，这会儿离开了树林到了空中，为了避免被发现，他们熄灭了所有的灯。

“等我们的飞行状态稳定下来后就可以开灯了，”汤姆说，“即使有人从远处看到，也会以为是流星。如果距离太近，他们很快就会反应过来。”

达蒙先生已经帮助汤姆完成了飞机起飞的所有准备工作，现在正躲在一边百无聊赖地看着下面黑暗里渐行渐远的树林。在这里待了一个多星期，这会儿他才弄明白他们在哪儿。突然，他注意到树林里有亮光闪烁。

“我说，派卓夫斯基先生！”他叫道，“我们落下灯笼在

那儿了吗？”

“我想应该没有，”派卓夫斯基先生答道，“我会问问汤姆的。”

“灯笼？不！”汤姆矢口否认，“临行前，我亲手解下了我们唯一的一盏灯笼。我来看看。”

把飞机设为自动运行模式后，汤姆就开始跟达蒙先生和派卓夫斯基先生一起观察。现在亮光比较模糊，但能清晰地看到它正在树林里移动。

“看起来他们正在找什么东西，”汤姆说，“派卓夫斯基先生，会不会是您的革命者朋友在……”

“不是朋友！是朋友的敌人！”派卓夫斯基先生突然大叫道，“我才弄懂！我们走得正是时候！这些人是警察，他们要找的是我们！他们一定收到了我们在这里出现的消息。安卓夫斯基他们走的时候从不点灯笼，他们对这里很熟悉，而且那样做容易引人注意。这些是警探，用不了几分钟，我们就会被发现。”

“他们不会有机会的，因为我们现在正在他们的头顶上。”汤姆笑道。此时飞机正在微风中悄悄地移动，推进器并没有打开，汤姆打算先滑行几英里再说，以免巨大的马达声给警探们提供线索。

林中闪烁的灯光从眼前渐渐消失，搜索者的身影也逐渐隐没在黑暗中。

汤姆谈论道："好了，我们终于要开始完成任务的高潮部分了。"此时飞机已经飞行了几个小时，灯已经被打开了，他们聚集在主机舱里商讨下一步的行动计划。目前看来，他们已经到达了足够的高度，不会再有什么危险了。

"目前为止，我们的行动还算顺利。"奈德说，"我认为营救派卓夫斯基先生的兄弟要比寻找铂金矿容易一些。"

"我还说不准，"派卓夫斯基先生回答道，"要知道在西伯利亚想救走一个人几乎是不可能的。当然要找到一座迷失的矿也是非常困难的事情，但是如果滑翔机能够发挥正常的话，我们就可以慢慢地搜索下去，总会找到它的。可是要想营救一个犯人，我们所要面临的不利以及不确定的因素就太多了。"

前面还有很长的旅程，有几段路还不太好走。即便如此，随着时间的推移，他们还是离目标越来越近了。与此同时，他们救人的渴望也变得越来越强烈了。

他们正通过一片荒凉的旷野，为了避免惊动陆地上的人，一路上他们都尽量避开大一点的城市和村镇。

这天下午天气不错，大家都坐在外面的甲板上享受着清新的空气。汤姆思索了一会儿问道："我想知道我们什么时候可以到达西伯利亚？"

"按照这个速度来看，快了。"派卓夫斯基先生瞥了一眼地图后回答道，"几个小时后我们就应该会到达乌拉尔山。顺利

的话，今晚就能穿过乌拉尔山，之后就到西伯利亚了。”

他的话没错。晚餐刚准备好时，奈德用望远镜进行观察，只听他大叫道：“那里一定是乌拉尔山！”

派卓夫斯基先生一把抓过了望远镜。

“是的，”他宣布，“我们将从奥尔斯克和伊尔库茨克之间穿过。这是一个安全地带。明天早上，我们就会看到流放者的家园——西伯利亚了！”

第二天清晨，他们果然看到飞机行驶在一片广袤荒凉的土地上空，前方是一片片无人区。

汤姆去存放油料的储藏室看了一圈后，回来宣布道：“我

要把速度再往上提一点儿，我们补充的液体量超过了事先的计划，现在我觉得事态紧急，还是赶时间比较重要。”说完他就猛地拉了一下加速器的操作杆，让猎鹰以更快的速度前行。

接下来的一整天，他们都在赶路，唯一能做的事就是不断地观察地表以确定他们的位置。晚餐时，突然从发动机室里传来了一阵爆炸声。

“上帝保佑我的安全阀！”达蒙先生大叫道，“一定是哪里出故障了。”

汤姆马上向发动机跑去，这时一直处于飞机模式并没有开启飞艇模式的猎鹰也开始下降了。

“我们正在下落！”奈德大叫。

“好了，你知道该怎么做的。”汤姆大声喊道，“气囊！打开发电机！”

奈德跑了过去，尽管他的速度已经很快了，飞机还是不停地向下滑落。

“它不能工作了！”奈德大叫。

“一定是吸气管被堵住了！”汤姆说，“不要紧，我会迫降，然后我们再慢慢修理。电磁机又不工作了！”

“不要迫降在这里！”伊凡·派卓夫斯基先生惊叫道。

“为什么不？”

“因为这里离奥宾斯基太近了，那可是个大镇子，警察会

在那里等着我们的！重新回到树林里去！”

“我做不到！”汤姆大叫道，“无论有没有警察，我们都只能降落了！”

跑到驾驶室后，汤姆操纵着飞机安全地向地面滑去。他们看到，现在飞机正在向一座特别大的镇子靠拢，很可能在市郊降落。通过望远镜，奈德甚至能看到人们看着他们时那吃惊的样子。

“他们在准备迎接我们！”他冷静地说。

“我希望他们不要向我们扔炸弹，”达蒙先生低声说，“上帝保佑我的表链！呀，我必须把革命者给我的宣传册子扔掉，以后让他们再给我一本。”说完他马上把小册子撕碎，扔到空中。

与此同时，猎鹰则继续降落。

“或许我们可以动作快点，在他们认出我们之前修好飞机。”汤姆一边准备降落一边说。

他们终于在轮子停止转动之前用手动刹车降落在一片较大的田野里，这时有几个人向他们跑了过来。

“有人过来了！”达蒙先生大声说。

“他们只是普通的农夫。”派卓夫斯基先生说完又戴上了墨镜，这样看起来一点也不像俄国人了。

“振作点，奈德！”汤姆大声说，“让我们看看能不能快点修好起飞。”

两位年轻人开始疯狂地工作，他们很快便让电磁机恢复正常工作。现在，飞机至少可以像平常一样起飞了。至于气囊，可以留到以后再修。就在他们准备起飞的时候，传来了一阵急骤的马蹄声，一支哥萨克骑兵赶来。领头的队长开始向士兵们发出指令。

“他在说什么？”汤姆问派卓夫斯基先生。

“他让士兵们把我们包围起来，这样我们就无法助跑起飞了，看起来他很了解飞机。”

“哦，那我也要试一下。”汤姆坚持道。

他跳到驾驶舱里招呼奈德启动马达，但是一切都太晚了，他们已经被骑兵的警戒线包围住了。如果猎鹰不顾一切地冲向

对方，那么即使能顺利地开到跑道上，也会因受创过重而无法飞行。

“我想他们是冲着我们来的。”奈德小声说。

事实似乎真的是这样，又过了一小会儿，一名军官和几名骑兵走了过来，用俄语说了几句。

“什么意思？”汤姆问道。

“他说我们被捕了。”派卓夫斯基先生翻译道。

“什么理由？”

派卓夫斯基先生耸了耸肩说：“现在问这些还有用吗？理由可以是我们侵犯了当地的法律，付一点罚款就可以走。他们也可能会直接送我们到正要去的地方，以外国间谍或者随便什么理由把我们关进去。总之，现在最好保持沉默，跟他们走。”

“去哪儿？”汤姆大叫。

“我想是去监狱。”派卓夫斯基先生回答道，“保持安静，跟着我走。我会尽力保护大家，我不相信他们会认出我。”

“上帝保佑我的搜查证！”达蒙先生喃喃道，“到俄国人的监狱！太可怕了！”

几分钟后，一切努力都白费了，我们的朋友被那些面目可憎、手持来复枪的士兵们裹挟着，不得不跟着走了。接着，奥宾斯基监狱的大门就在汤姆和他的朋友们面前关上了。当然，他们的飞机也落到了敌人手里。

迷失在盐矿中

事发突然，汤姆和他的朋友们都不知道应该怎么办。但是他们认为目前最聪明的办法就是让派卓夫斯基先生来处理这一切。作为俄国人，他了解俄国警察的办事方法——真的让人很头痛。

此时他们已经被关在一间大牢里。显然他们并没有与政治犯或者其他犯人关在一起。“我并不害怕，”汤姆说，“我们可是美国公民，如果我们的律师知道这件事——他肯定会知道的——一定会对这个我叫不上名字的地方采取措施。我现在担心的是他们会怎么处置猎鹰。”

“这点不用担心，”派卓夫斯基先生说，“他们知道一架性能良好的飞机的价值，不会破坏它的。”

“那他们会怎么处理？”汤姆问。

“或许会留下来自己用。”

“绝对不可以！”汤姆大叫道，“我要先毁了它！”

“如果你有机会的话！”派卓夫斯基先生插了一句道。

“但我们是美国公民呀！”汤姆还不死心，“而且……”

“你忘了我不是，”派卓夫斯基先生说，“所以我不能靠暴露身份来寻求庇护，因此我一直希望低调行事。我们制造的麻烦越多，他们就越知道我们的重要性。如果我们还想继续进行下去，眼下就必须谨慎行事。”

“但是我的飞机……”汤姆大叫道。

“他们不会做什么的，先让它待在那儿吧。”派卓夫斯基先生小声解释，因为他知道，有时俄国的警察会偷听犯人的谈话，“我们被捕时，我偷听到他们的谈话，因此我觉得我们可能会因为侵入他国领土而获罪。他们可能把我们当成了英国或者法国的间谍，认为我们正在试图探察俄国的机密。”

在监狱他们都有食物供应，所有被询问的问题都由派卓夫斯基先生来回答。他操着一口不太流利的俄语，没有人会知道他原来是俄国人。否则，他会立刻被人认出是流放者，从而被视作危险人物控制起来。

最后又进来一个男人，派卓夫斯基先生悄悄告诉伙伴们，那是本地的行政长官。此人很亲切地问了些问题，而派卓夫斯基先生则很有技巧地回答了他的提问。

“我觉得他并没有十分相信我说的话。”那个男人一离开，派卓夫斯基先生就立即向朋友们汇报说，“我试图让他相信我们是一群科学家或者说是一群喜欢探险的人，而飞机就是我们的娱乐工具。他试着用一些政治问题来打探我，但我都小心地规避了。”

“下一步我们怎么办？”奈德问。

“我们可能会被拘留几天，直到他们找到更多的资料来证明我们的身份。相信现在那些间谍会很忙，他们正满欧洲地发电报，以查实我们的身份。”

“那我的飞机怎么办？”汤姆问道。

“我跟他谈了这个问题。”派卓夫斯基先生说，“我告诉他你是一位在美国久负盛名的发明家，如果飞机有任何损

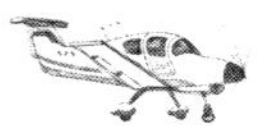

失，俄国政府不会承担全部责任，但他这位行政长官一定会受到处罚，而且这架飞机非常昂贵。这一点触动了他。尽管这些俄国贵族很有权力，却吝啬得很。他不想在事后做出补偿。如果事情发展到最后，证明逮捕我们是错误的，他的上司会把一切都推在他的头上，而不会承担责任的。虽然我不喜欢目前的处境，但是还有希望。”

现在我们的朋友待的地方确实很黑。昨晚被捕的时候，他们被关在宽大、舒适的禁闭室里，现在他们被关到了黑暗的地下小石屋里。每个人都被单独关押起来，不过走廊是连通的，他们可以听到彼此说话的声音。吃过那些粗粮又喝了点水后，汤姆和他的朋友们开始休息了。

沉默了一会儿后，我们的英雄说：“说实在的，我真不喜欢这里！”

“我也不喜欢。”奈德附和道。

“上帝保佑我的防盗警铃！”达蒙先生说，“真丢脸！如果我的妻子听说我被人关进了监狱……”

“她永远也不会听到！”汤姆打断了他。

“上帝保佑我的心脏！”古怪的人说，“不提这些事儿了。”接下来大伙仔细地分析了一下眼前的困境，发现他们什么也做不了，最后只能决定睡觉，不过大家都睡不着。被关押了两天后，派卓夫斯基先生提出的所有要求例如给予公开、公正的审判，允许他们知道自己被控的罪名等，都没有得到回应。除了一个面目可憎的警卫给他们送来一些糟糕的饮食外，再没有人来看过他们。行政长官似乎忘记了他们，而派卓夫斯基先生也不知道该如何是好了。

“唉，再这样下去我要得病了！”汤姆抱怨着，“我想知道我的飞机在哪儿！”

“我想它可能还在原地。”派卓夫斯基先生回答道：“从那个行政长官的表现来看，我想他是怕惹麻烦的，应该不敢移动飞机，因为这样会把飞机弄坏。如果有办法给革命党的朋友们捎个信，事情可能就会有转机。但是我现在没有机会，所以我们只能等。”

又一天过去了，依然没有变化。不过晚餐时，当警卫把他们的食物送进来后，事情终于有了变化。

“嘿！我们终于迎来了一张生面孔，”汤姆兴奋地说，因为他发现来的是新人，“而且长得还不错！”

那个人看了看汤姆的囚室，然后说了几句俄语。

“听不懂，”汤姆笑道，“真是鸡同鸭讲呀。”

不过，很快那个人就跟伊凡·派卓夫斯基先生攀谈起来。突然，派卓夫斯基先生惊叫一声，那名警卫很快打开了囚室。几秒钟后，囚室里响起了俄国人的声音。

“孩子们，达蒙先生，我们得救了！”派卓夫斯基先生大

声宣布道。

“上帝保佑我的门把手！您没说错吧！”达蒙先生不敢相信地说。

“怎么回事儿？沙皇下令释放我们了？”

“不是的，是我们的革命党朋友不知如何知道了我们被捕的消息，总之是通过秘密的渠道。这名警卫就是那些帮我打听到兄弟下落的革命者中的一员。”

“他贿赂了其他警卫，今晚由他来值班。现在……”

“太好了！他要做什么？”汤姆问道。

“他会打开门，放我们出去！”

“但是我们怎样才能躲过楼上的其他警卫？”奈德问道。

“我们不走那条路，”派卓夫斯基先生解释说，“走廊里有一条秘密通道，其中一条连着一个大盐矿。只要到了那里，我们就可以想办法出去了。我们很快就自由了。”

“问问他知不知道飞机的下落！”派卓夫斯基先生迅速翻译了问题并且得到了答案。

“还待在原地！”

“那么快走吧！”汤姆焦急地说。

负责警卫的革命者很快就用他手中的钥匙打开了所有的牢门。我们的朋友聚齐在走廊里。

“这边。”伊凡·派卓夫斯基先生跟在领路者的后面小声

说，“他说他会把我们带到盐矿，为我们指明道路后还得立刻返回，因为他自己也要跑路。”

“那他为什么不跟我们一起？”奈德问道。

“不，这样不安全。他会告诉我们怎么走。几年前有人曾经从这里成功逃出去，后来政府关闭了这条通道。但是他们打通了盐场里的一个大洞穴，重开了通道。”

他们跟在那个奇怪的警卫身后。他带着他们沿着走廊一路向前。走到头之后，他停了下来，从一堆垃圾后面拖出几块板子。一个黑乎乎的、只能容纳一个人进出的洞口露了出来。

“是这里吗？”汤姆问道。

“是这里了。”派卓夫斯基先生回答。他跟警卫道别后，从忠诚的革命者手里拿到几根蜡烛，他点亮其中的一根，其他的留着备用。于是，我们的朋友一起向黑暗中走去，他们听到了身后的板子再次合上的声音。

“朝前走！”派卓夫斯基先生说，说着就带头向前走去。

在黑暗中，通过一段高低不平的通道可不是愉快的旅程。大约走了半英里后，他们进入一个大型的盐矿，这里似乎在镇子的正下方。这一段矿区似乎已经被废弃很久了，很多盐堆在外面形成了一座座小山，在烛光下闪着冷冷的光辉。

“现在让我看看是不是还记得怎么走。”派卓夫斯基先生说，“他说我们再走半个小时后就会看到一个小木屋，那里离我们的飞机很近。”

一行人在黑暗中磕磕绊绊、七拐八弯地向前走着，经常会有人跌倒在崎岖不平的地面上，但是他们仍然继续前行，没有停留。

“你说走半个小时？”又走了一会儿后，汤姆忍不住问道。

“是的。”派卓夫斯基先生回答。

汤姆看了一下自己的手表说：“我们肯定是走过头了，已经一个多小时了。”

“上帝保佑我的时间表！”达蒙先生大叫道。

“你确定吗？”派卓夫斯基先生问道。

“是的。”汤姆压低了声音回答。

派卓夫斯基先生晃了晃手中的蜡烛照了一下四周的弯路，奈德突然说：“这里我们之前走过！”

“我记得这根柱子，它的样子像两个大力士在角力！”

的确如此。此时一打量，他们都记起了这根柱子。

“我们在原地打转！”派卓夫斯基先生思索了一下说，“那么我们走了双倍的路了，我觉得我们应该是迷路了！”

汤姆说：“我们居然在俄国的盐矿里迷路了！”在这个幽暗的地方，他的话显得格外恐怖。

越　狱

一瞬间大家都无话可说，也没有继续前行。在闪烁的烛光下，他们看到一个又一个的盐堆围绕在他们的身边。于是，达蒙先生开始向前行进了。“上帝保佑我的电动车轨道！”他大声说，“现在肯定不对！一定是哪里走错了。如果我们继续这样，一定走不出去。派卓夫斯基先生，你是知道路的，是吗？”

“我以为我知道，因为警卫先生告诉过我。但是我好像在某个转弯处走错了。”

“这个问题不难解决呀。”汤姆建议道，“我们可以全部返回到出错的地方，再重新走就行了。”

“我看行。”奈德也同意汤姆的看法，大家的士气很高。

“如果我们马上出发，却又走错了，那要怎么办？”达蒙先生问道。

“如果事情真的变得更糟糕了，大不了我们再返回地下隧道，到牢房里找那名警卫，让他再为我们领路。”汤姆说道。

“绝对不可以！”派卓夫斯基先生反对说，“再回到监狱里是世上最危险的事情。这个时候他们可能已经发现我们出逃了，这会儿再回去只能是自投罗网。我们必须走下去，不惜一切代价！”

“但是如果我们不能走出去，”汤姆说，“又没有吃的和喝的，我们……”他的话虽然没有说完，但大家都了解他的意思。

“哦，我们会走出去的！”无论在什么情况下，奈德总是最乐观的那个人，“派卓夫斯基先生，你之前在盐矿里待过吗？”

“是的，我以前曾被判过刑，但不是在这个地方，那里也不是废弃的矿井。我认为这里只是一个被废弃的矿井，而且附近没有其他的矿井了。所以当他们废弃的时候，还把一些盐留在这里。许多人也忘了这里。我记得曾有一队人马迷失在一个大盐矿里，几天后人们才发现他们失踪了。”

“后来他们怎样了？”汤姆问道。

“我不想再说这件事了。”派卓夫斯基先生耸了耸肩。

“上帝保佑我的灵魂！我们会像他们一样吗？”达蒙先生说道。

“或许会，”派卓夫斯基先生说，“现在我们还是先原路返回，再重新出发吧。这一次我会更小心的，一定认准了路再拐。”

但是他没有得到机会。因为他们找不到当初出来的那条隧道了。他们上上下下、左转右转地走个不停，最狭窄的地方只能爬出去。

然而这些都没用。他们再也找不到出发点返回了，而且他们也找不到开放的矿井。眼下，他们已经使用了两根蜡烛，手里还余下六根左右，而他们还在继续前行……

大家继续磕磕绊绊地走着，因为太焦急了，连聊天的兴趣都没有了。最后，还是奈德说了句话：“我想搞到大量饮用水。”

“我也希望，”他的伙伴说，“但是光想有什么用？就算现在天上下雨，我们能得到的也都是盐水。不过，我知道我们现在应该怎么做。”

“怎么做？”达蒙先生问道。

“回到监狱去。在那里我们至少不用挨饿，还会有喝的。他们即使扣留我们，过一段时间也会把我们放走的。”

“或许永远也不会放我们走！”伊凡·派卓夫斯基先生说，“我觉得待在这儿比返回俄国监狱好多了。我们必须待在这儿，我们一定能走出去！”

他们说了许多，都没有起到任何作用，时间在他们的磕磕碰碰中逐渐流逝了。他们甚至不知道是过了一天，还是只走了几个小时。

他们在矿井里遭的那些罪我就不细述了，这个世界上有太多的事情是无法用语言来形容的。他们这样走了至少一天半的时间，没有喝过一滴水，吃过一点东西。在最绝望的时候，他们甚至要吃蜡烛中的油脂以提供生命所需的能量。当然，这样做的后果就是饥渴难受。

他们来来回回地不停走着，在老盐矿的井里上上下下爬个不停。但是，他们的心中仍然怀有一丝希望。

“这次的环境比黄金地下城更恶劣，”奈德一边爬着一边郁闷地说，“恶劣！恶劣多了！”他感到有点头晕，但没有人

回答他。

事后他们才知道，从进矿到找到出路，他们一共花了两天的时间。整整四十八个小时，大家都处在高度的紧张和不安中。现在他们手里燃烧着最后一根蜡烛，如果这根蜡烛也燃尽，他们就必须像与饥渴做斗争一样，与黑暗做斗争了。

然而幸运之神终于眷顾了他们。当他们自己也不知道究竟走到哪里时，当他们绕过了一个巨大的盐堆后，走在最前面的汤姆突然停了下来，这时的他已经很虚弱。

“快看！快看！”他小声说，“另外一根蜡烛！有人正在寻找我们！我们要得救了！”

“也可能是警察！”奈德说。

派卓夫斯基先生向着汤姆所指的方向看了看那微弱的亮光，用嘶哑的声音说：“那不是蜡烛，那是一颗星星。朋友们，我们得救了，是上帝的旨意！那真的是星光，是从露天的地方照过来的！我们得救了！”

受到了鼓舞后，他们全都精神抖擞地向前走去，没走多远就到了出口。每个人都感觉到清凉的晚风正吹在发热的脸颊上，舒服极了。

“感谢上天！”汤姆一边说着，一边奋力前行。

又走了一段时间，他们爬上了以前矿车行驶时留下的废旧铁轨，摇摇晃晃地看着外面的天空。他们自由了！他们正站在

宁静的星空下！

“现在，只要能找到飞机，”汤姆虚弱地说，“我们就能……”

“看那里！”奈德小声说，他指着远处一片黑暗的地方，“看，那是什么？”

“是猎鹰！”汤姆喘息着说，他的头始终朝着猎鹰的方向。它就在距离这里不远的灌木丛中，那儿就是当初他们停靠的地方。它的确没有被移动过。

“等一下！”伊凡·派卓夫斯基先生极为谨慎，“这周围可能有警卫。”

话音未落，大家就发现飞机离他们最近的一侧有一名哥萨

克士兵，他的肩上还扛着一把来复枪。

“我们还不能开走飞机！”奈德小声说。

“我们一定要开走飞机！”汤姆说，“如果不行，我宁愿去死！”

“但是有警卫呀！他们会逮捕我们的！”派卓夫斯基先生说道。

很快另一个警卫走到了第一个警卫旁边，他们开始聊天。两个人围着停靠的飞机走动，很明显在等逃犯回来。只要一触动警报，他们就会出来抓人。

“我们应该怎么做？”达蒙先生问道。

汤姆用虚弱的声音说：“我有一个计划。因为目前我们的身体都比较虚弱，所以只有一次机会。每当他们转到飞机的另一侧时，我们就向前爬一点。当他们转到这一侧的时候，我们就立刻趴下。我不确定他们能否看见我们。只要我们走到系绳子的地方，就可以马上砍断绳子起飞了。在我们走之前，猎鹰上的一切设施都已经设置完成，只要那些家伙没有乱动，就没有问题。我觉得他们应该不会乱动。现在我们有足够的空间让飞机助跑起飞了。这是我们唯一的希望。”

其他人对此表示同意，并立即开始执行计划。哥萨克卫兵的视线一离开，他们立即匍匐前进；当卫兵走过来，他们就立刻趴下，一声不响。

这样交替潜行了几分钟后，他们终于爬上了飞机，并隐蔽在卫兵视线的死角里。现在，唯一的工作就是砍断固定飞机用的缆绳。

汤姆悄悄地爬到发动机室。他不得不摸黑工作，因为哪怕只有一丝亮光也会引起卫兵们的注意。还好汤姆对飞机上的每一个操作键都了如指掌。唯一需要担心的就是曾经失灵过的发动机在经过简单的修理后能否顺利启动。没有其他办法，他只能再赌一次。

汤姆向外望去，看到警卫还在前前后后地踱着步子。他们并不知道苦苦找寻的逃犯就在距离自己不远的地方。

奈德已经进了驾驶室，可以清楚地看到前面的领域。

突然，汤姆拉动了启动杆，发出了一声轻响，然后又重新静了下来。难道发动机还没有修好？好在马上又传出了一阵轰鸣声。

“我们走吧！”汤姆大声喊道，巨大的飞机搭载着他们向前飞行，“现在他们再也困不住我们了！”

飞机继续加速，直到奈德感觉现在的速度已经提供了足够的冲力，他才拉起了升降杆，飞机立刻升空。在他们身后是两名不知所措的卫兵。他们即便反应过来，也只能在地上一边追赶一边叫骂，并试图通过射击来阻止飞机。

营救行动

“我们现在……我们现在有时间喝点东西吗？”奈德喘息着问了一句。这会儿飞机已经飞了差不多三分钟，飞出了来复枪的射程。

“是的，但是只能歇一小会儿。”汤姆很谨慎地说道，“哦，真不敢想象我们居然自由了！”

他打开了几盏室内灯，在灯光下，铂金矿寻找小分队的队员们首先要寻找的是水和食物。值得庆幸的是，在他们离开的这段时间里，没有人动过这里的东西，机器的设置也保持了原样。

补充了食物和水之后，他们逐渐恢复了体力，彻底消除了牢狱的印记。最后，大家在舒适的环境中讨论起他们曾经遭过的罪。

飞机又在天上平稳地飞行了一阵子，汤姆把它设为自动飞行模式后，实在忍受不了困倦的感觉，睡去了。这一觉睡得极沉，一直睡到第二天。

醒来后，汤姆向下面看了看，却发现什么也没有，到处都是雾蒙蒙的。

“我们这是在哪儿？”他大叫道，“我们飞到云层里或者说某个内海上面的一片云里了？”

汤姆很焦急，直到派卓夫斯基先生告诉他这只是一片大雾，而且这种雾在西伯利亚是很常见的，他的情绪才略微好了些。“

但是我们究竟在哪里？”奈德问道。

“应该是在伊尔库茨克州的上空，”派卓夫斯基先生给出了答案，“我们正在向北飞。”他看了看罗盘后继续说，“我认为我们离我兄弟所在的硫矿已经很近了。”

“这样的话，我们是不是可以准备降落了？”汤姆说，“我得修理气道了。我们应该先找一片柔软一点的地方，只要够安全，就可以降落了。我希望这些雾能快点散去。”

中午时，他们清楚地看到飞机正飞行在一片广阔、荒凉的原野上。这里很安全，是个适合降落的地方。

找了一处相对平坦的地方着陆后，汤姆和奈德马上着手清理气道中的阻塞物。他们把那些东西扔到外面，空气中立刻弥漫着一股臭味。正在忙着的时候，一道阴影突然出现在他们头上。两人抬起头来，发现一个粗壮的俄国人正站在他们面前。

突然出现的男人就这样孤零零地站在那里，平静地看着两个小伙子。他过来的时候动作很轻，所以当两个人发现他的时候，彼此间的距离已经非常近了。这让小伙子们嗅到了危险的味道。汤姆迅速地打量了一下四周，并没有发现任何可疑的人物，也没有哥萨克士兵。当他再次仔细观察这个男人时，发现他的穿着相当寒酸，鞋子破烂不堪。所有的一切都表明，这个人已经走了很远的路，现在已经疲惫不堪，也许还病了。

“你觉得我们应该怎么对他？”汤姆压低了声音问奈德。

“我也不知道呀。从打扮上看，他不是政府官员，也没有同伴。我想我们应该没有什么可担心的。还是先问问他找我们做什么吧。”

汤姆直接用英语跟那个人打招呼。但是这个男人却说了一连串的俄语，他不停地说，直到汤姆举手示意才停下来。

“我很抱歉，因为我不懂你在说什么。”汤姆说，“稍等，我会请别人来和你交谈。”说完他就向正与达蒙先生一起在机舱里做修补工作的派卓夫斯基先生大声喊道：“派卓夫斯基先生，这里有个俄国人。我听不懂他在说什么。”

伊凡·派卓夫斯基先生很快走了出来，当他看到那个男人后，便马上向他走去，一把握住他的手，然后两个人就用大家都听不懂的语言热烈地交谈起来。汤姆和奈德彼此对视了一

下，看到了彼此眼中的无奈。这时，达蒙先生走了出来，大声说：“上帝保佑我的词典！他们俩一定认识。”

两位俄国人热烈地交谈了几分钟。很快，派卓夫斯基先生就意识到他的朋友们一定对此很好奇，于是马上转身介绍道：“这事真是太巧了。这个人跟我一样，也是从里面逃出来的。虽然以前我们并不认识，不过我一眼就认出了他，因为我们身上都有某种记号，每一个在西伯利亚流放过的人都永远不会忘记的记号。前些日子，他从矿里逃了出来，之后就一直过着非常艰苦的生活。后来他遇到了革命党，他们帮助了他。但是他没有加入革命党，而是选择继续隐藏。他用尽所有办法，一个镇子一个镇子地转移。他听说过我们的飞机，我猜可能是革命党人把我们的事情告诉了他。因此看到我们的时候，他并没有像普通农夫那么害怕。但是，他并不知道我也在飞机上。”

“那么他认识你吗？”汤姆问道，“他知道你想救你的兄弟吗？”

“不知道，但我会告诉他的。”

接着，两人又用俄语交谈了一阵，似乎得到了一个令人兴奋的消息。因为伊凡·派卓夫斯基先生很快就提到了他的兄弟，而那个名叫阿里克斯·伯里斯的人听到后，显得非常激动。派卓夫斯基先生听了新朋友的叙述后，也同样显得非常兴

奋，他立即对汤姆、奈德和达蒙先生大声地说："朋友们，我有一条意外的喜讯！碰到这位先生后，我们可以少走许多冤枉路了。自从革命党帮我确定了我兄弟的位置后，他又被转移到了另一个矿上，就在离这儿几英里的一个独立区域。这位先生与他在同一个矿区。我的兄弟被转移之后，伯里斯先生才从那里逃走，所以他知道这件事。这样看来，我们的计划要有所改动了。"

"那么我们现在要去哪里？"汤姆问道。

"去哈斯卡斯卡附近的一个小镇，我可怜的兄弟正在那里的一个硫矿上工作！"

"那我们走吧！"汤姆兴奋地大叫道，"派卓夫斯基先生，你

需要这位先生跟我们一起行动，帮助我们指路和救人吗？”

派卓夫斯基先生询问过伯里斯后，说：“他愿意帮助我们，虽然他对我们那架奇特的飞机表示担心。不过他知道，信任我们绝对好过被抓回矿里过生不如死的日子！”

“太好了！”汤姆大声说，“如果他愿意，那就一起吧，事后我们会把他带出俄国的。奈德，现在快来！我们得赶紧修好机器！”

一边，伊凡·派卓夫斯基先生带着他的朋友进入飞机，向他介绍猎鹰的工作原理；另一边，汤姆和奈德则努力地修复产气机。到了晚上，它的功能已经基本恢复正常。飞机飞到高空后，他们重新校正了航向，根据伯里斯先生的建议，向荒凉的硫矿区飞去。

在几天的飞行过程中，一个详细的营救计划也逐步成形。根据这位新朋友带来的消息，要想解救派卓夫斯基先生的兄弟，最好的时机就是在囚犯们结束工作从矿区被带回关押的营房时。

“那个时候天差不多要黑了，”伯里斯先生说，“如果你能让你的飞机在低空处盘旋，那么派卓夫斯基先生只要朝他喊一声，他就可以在警卫们反应过来之前快跑过来。只要上了飞机，我们就安全了。”

“但是囚犯们身上不是都有铁链束缚着吗？”汤姆问道。

“没有，他们主要靠警卫来防止逃跑。”

“那么我们可以试试这种方法。”汤姆做出了决定。

他们不停地飞着，猎鹰的性能发挥得淋漓尽致。不知道飞了多久，突然在一天清晨，曾做过囚犯并对地理位置十分熟悉的伯里斯先生有了新的发现。

“我们现在已经很接近目的地了。如果靠得太近会被发现的。现在最好找个小树林藏身，到了晚上直接飞出去救人。”

“但是到了晚上我们怎么才能找到人呢？”奈德问道。

“营房的灯火是很容易辨认的，”对方给出了答案，“到时候我会站在驾驶舱里帮你们指路。因为所有的流放者看起来实在差不了多少，他们会排着长长的队伍从矿区返回，那就是我们下手救人的时候。”

白天的等待漫长而令人厌烦，但又不得不为之。汤姆对于此次能否顺利心里没底，心焦之余找了个有风的地方试了试他的滑翔机。天就好像永远不会黑一样，他们只好一直等待。

夜幕终于降临了，大型飞机安静地飞到空中，准备在囚犯出没的地方盘旋。好在这会儿天空中还有点风，他们可以启用飞艇模式飞行，这样不至于发出太大的噪音，惊动了对方。

当他们在天上盘旋的时候，汤姆说：“回家后，我要做的下一个新产品就是无声飞机。我觉得它简直太有用了。”

伯里斯先生站在驾驶舱里，汤姆则根据他的指示在夜空中

不停穿行。这时伯里斯已经习惯了飞机，不再害怕。

“在飞艇模式下，你能够到达所有想去的地方吗？”新向导问道。

“不能说所有，但大部分能到。”汤姆回答道，“上次，在最后一刻，我还是得到机会把马达启动起来，终于把大家送到了目的地。正因为有了这番经验，我才会认为无声飞机才是最实用的，可以在敌人发现你之前，在他眼皮子底下起飞。”

又过了一会儿，向导说：“那里就是关押囚犯的营地。”派卓夫斯基先生翻译了他说的话。果然，就在他们的前下方出现了一小簇灯光。

“是的，那里看起来似乎有一排囚犯排成队列向前走。”奈德也附和了一句，他正在用夜视望远镜观察那里。

“哪里？”汤姆急切地问，他们赶忙为他指路。观察了一会儿后，汤姆说：“既然已经确定了他们的位置，那就足够了。派卓夫斯基先生，如果你的兄弟确实在里面，那我们一定会把他带走。”

“上天一定会指引他到这里来的！”派卓夫斯基先生声音低沉地说。

过了一会儿，猎鹰已经很接近那群人了。借着夜色的掩护，它移到他们头上。这时汤姆突然启动了发动机，推进器的

螺旋桨凶猛地击打着空气。

这股突然出现的巨大声响让地面上的人群出现了一阵骚动。但是在骚动蔓延前，或者说在警卫搞清楚发生了什么事情前，汤姆一个漂亮的侧飞把飞机直接停到了囚犯的身边，距离之近甚至超出了自己的想象。

派卓夫斯基先生从机舱里跳出来，用低沉的声音说出了一串俄语：

“彼得！彼得！如果你在这儿，来这里！动作快点！我是你的兄长伊凡。我是来救你的，救你上汤姆·斯威夫特的超豪华飞机！快来让我们带你走，彼得·派卓夫斯基！”

一瞬间，全场都安静了，接着便听到一个人急促的脚步声，紧接着便是警卫们愤怒的叫骂声。

“快！快！彼得！这边！这边！”派卓夫斯基不停地喊道，并将手里的电子灯闪了一下，好让他的兄弟能够知道方向。脚步声越来越近了，警卫们的叫声也越来越大，接着便听到许多人在奔跑和追逐的声音。

“快！彼得！快！”派卓夫斯基先生焦急地大叫。他用的是俄语，警卫们当然明白他的意思。

大家突然听到了来复枪的声音，不过听起来他们似乎是在向空中鸣枪警示。过了一小会儿，一个黑色的身影爬上了飞机。

“彼得，是你吗？”伊凡·派卓夫斯基先生用颤抖的声音问。

“哥哥，是我！快点走吧，警卫正赶过来！”

“感谢上帝，你终于得救了！”

“一切顺利吗？”汤姆大声喊道，他想确认是否救对了人。

“是的！是的！汤姆，快走吧！”派卓夫斯基先生急切地说，他紧紧地拉着兄弟的手臂不松开。

随着一阵轰鸣声，猎鹰很快拔地而起，那些愤怒的声音已经被甩在了下面，吼叫声、命令声不绝于耳。无论是警卫还是他们的指挥官都没有想到会有这种大胆的营救方式。

飓风之中

所有的警卫一起举枪射击，来复枪发射时的火光在黑暗的夜空中闪烁不停，但是飞机很快就升上天空。汤姆的驾驶技巧十分娴熟，飞机在天空中画出一条漂亮的弧线，毫发无伤地躲开了所有射击。

“上帝保佑我的弹夹！”达蒙先生说，“他们现在一定气疯了。”

奈德一边帮着他的伙伴驾驶飞机，一边冷静地观察着：“他们应该不会再干这种傻事了，这样做对他们没有好处，而且我们已经救了想救的人。”

“还是从他们的眼皮子底下把人救走的，”伊凡·派卓夫斯基先生得意地说，“这次营救流放者的行动将载入俄国的史册。”

曾同为流放者的两兄弟正饱含深情地对视着，现在猎鹰已经飞到了足够高的地方，汤姆可以放心打开灯了。

三名俄国人一直在兴奋地交谈着，汤姆和奈德驾驶着飞机，达蒙先生听了一会儿俄国人那些令他很感兴趣的快速而奇怪的语言后，就赶到厨房去为他们准备食物了。他终于可以享受一下晚餐了。

被解救的人像在做梦一样，他觉得自己获救的过程简直令人难以置信。这中间有太多他想了解的事情，但是兄弟重逢的喜悦压倒了其他一切情绪。心情渐渐平复之后，当有机会打量周围的环境时，彼得·派卓夫斯基终于惊奇地发现这是一架什么样的飞机了，他像个孩子一样好奇地问这问那。派卓夫斯基先生和伯里斯先生则轮流回答他的问题。从现在开始，我会用英语来记录俄国人之间的对话，就当是彼得的哥哥伊凡·派卓夫斯基先生在翻译吧。

如果说彼得被救上飞机时已经感觉很惊讶了，那么当他看到完美烹调后的美食时，这种惊讶感到达了顶峰。要知道现在飞机的速度可是每小时五十英里，在这样的高度和这样的飞行速度下，能够吃到这样精致的食物，是多么神奇呀！现在，他已经被震惊得说不出话了。

他慢慢地了解了汤姆和他的朋友们来俄国路途上的经历，期间伯里斯先生还补充了一些细节。

“但是伊凡，我想你们走这么远的距离来到这里不会只是为了救我吧？”彼得问道。

“是的，救你是一项任务，还有另一项任务——寻找铂金矿。”

“找什么？是上次我们遇上风暴的时候滞留在那里的那个铂金矿？”

“是的，彼得。”

“如果可以找到那里，我知道汤姆·斯威夫特可以得到丰厚的回报，但是我很怀疑我们还能不能找到那个地方。即使我们能找到，这架富丽堂皇的飞机恐怕也扛不住那样恶劣的天气。”

“我想他一定不懂什么叫滑翔机，”汤姆听完翻译后，笑着说，“有机会的话，我希望让他亲眼看看滑翔机是怎么飞行的。”

“是的，它棒极了。”奈德也跟着说，作为汤姆最好的朋友和伙伴，他对汤姆的创造非常有信心。

晚餐后，大伙在一起聊天，汤姆问道：“那现在我们应该做什么？”这时大家都坐在客舱里，讨论着过去几天发生过的事情。“我觉得应该去寻找铂金矿了。”

“我们会尽全力帮助你的。”伊凡·派卓夫斯基先生说，“我们兄弟俩欠你们的太多了，可以说彼得的命都是你们给的。彼得，你也是这样认为的吧？”

“是的。”对方给出了肯定的回答。

面对这种感激，汤姆有些不好意思地说道：“那没什么，我也没做什么特别的。”

“这可不是打个电话就把我从那里带出来那么简单……那个硫矿太可怕了，到处都是残暴的士兵。你做得太多了，我的朋友。”彼得·派卓夫斯基严肃地说，“对于我来说，这个世界上没有谁比得上你了！如果你真的有能力去那里，我和我的兄长愿意跟随！”

“我同意。”伊凡·派卓夫斯基先生斩钉截铁地说。

“那么我们要制订什么计划吗？”又谈了一会儿后，汤姆问道，“我们是这样听天由命地飞，还是规划好路线？”

“我们兄弟会尽力规划出一条路线，”伊凡·派卓夫斯基先生说，“我们俩已经很久没见了，现在离我们偶然发现铂金矿的时候也有段时间了，所以我们要坐下来讨论一下。如果可能的话，我们会画张地图出来。”

第二天他们开始动手了，一张巨大的图纸摆在了猎鹰的桌子上。兄弟俩在上面认真地标注着。他们先画了一幅展现铂金矿附近地貌的草图，这项工作花了他们几天的时间才得以完成。有时有些细节俩人都想不起来，不过一讨论他们总会得出一致的意见。

“我们离这里最近，”伊凡·派卓夫斯基先生告诉汤姆，“迷失的铂金矿应该在爱库斯库城和爱博罗尼山脉的第一排山峰之间。南北之间不会超过这两条界线。向西应该不会超过勒拿河，向东则以阿姆加河为界。所以实际上你要搜索的范围非常大。”

“是的，我也这样认为。”汤姆表示同意派卓夫斯基先生的说法，“但是现在还有更重要的任务要完成，我想知道向哪个方向飞能够最快到达那里。”

“到了那里后，你打算怎么做？”奈德问道。

“先乘坐猎鹰飞到那儿附近，然后在那里不停地兜大圈子，尽可能地靠近中心地带。”汤姆回答道，“只要能遇到稳定一些的飓风，我就可以马上确定位置，放出我的滑翔机，因此我很有把握靠近那里。”

“上帝保佑我的煤气表！”达蒙先生说，“你们接着说！”

汤姆立即开始行动，调整了飞机的方向后，他按照俄国兄弟的地图向指定地区飞去。

接下来的几天，他们都在不停搜索。这时的氛围让他们想起了在寻找地下黄金城的时候，墨西哥神庙即将被毁前的平静。但是在这次的行动中，他们没有得到像阿兹特克遗址那样的指示。

他们正在搜索的是一个看不到的东西，准确地说是一种感觉，对风的感觉。那种风随时都有可能遇到，并将猎鹰击得粉碎。

派卓夫斯基兄弟在遭遇风暴的时候，因为步履艰难才能机缘巧合地见到铂金矿，而现在的条件与当时完全不同。更糟糕的是，西伯利亚的夏天虽然不那么温暖，却没有那么大的风雪，冬夏两季在地貌、环境上的差别也很大。

猎鹰不断飞行，天气并没有好转，但也没有遇到汤姆想要的那种恶劣天气。他需要吹得更猛烈些的风。所有人的眼睛都焦急地盯着风力计，但它总是一副懒洋洋的样子，没有什么大的变动。

“哦，天啊，来一阵飓风吧！”汤姆大叫。

出人意料的是，没用多久他的愿望就实现了。于是他们围着那阵飓风盘旋了两天，根据他们的推算，那里距离他们心目中预计的中心地带，也就是铂金矿的所在地，大约有二百英里

左右。

达蒙先生端着盘子享用他的早餐时，突然一阵晃动，盘子脱手而出。“我说，出什么事儿了？”他大叫道，“上帝保佑我的……”

但是没等他说完他的祷词，飞机便整个翻转过来，翻得非常彻底。虽然推进器还在不停地转着，但飞机却向着相反的方向飞去。

“怎么了？”奈德也忍不住问道。

“我们的飞机翻了！”伊凡·派卓夫斯基先生回答道。事实的确如此，飞机已经完全被吹翻了。

“我想我们遇上了我们想要的！”汤姆大声说，“我们在飓风里了！这就是有大风的地方！如果我们的飞机能够安全着陆不被毁掉，我们就可以启用滑翔机了！奈德，搭把手！”

迷失的铂金矿

铂金矿搜寻小分队突然遭遇了飓风，尽管汤姆和奈德已经尽了全力，猎鹰还是如落叶一般在风中飘荡。它的机头时而冲着云端，时而向着地下，在空中尽情展示着它的曼妙身姿，宛如一名舞者在翩翩起舞，看似美妙却又异常惊险。

“用力拉转向杆，让它再多飞一会儿！”汤姆向他的伙伴喊道。

“已经在拉了，我会让它飞得更远一些。”

“好的，继续保持。”

“达蒙先生，把气囊里的气体都放光，我想让飞机尽可能重一些，这样着陆的速度能快一点。”

“上帝保佑我的梳子和刷子！”古怪的达蒙先生大叫道，“我真想象不出，如果摔下去，我们会变成什么样子！”

“如果不快点把气放完，你很快就会知道了。”汤姆冷冷地回敬了一句。达蒙先生则匆匆赶到发动机室，打开了急救阀。

最终，大家费了九牛二虎之力后，飞机终于在推进器和转向舵的操控下开始降落了。汤姆摆脱了飓风的控制，恰好将飞机降落在他们预定的区域里。

“真是太幸运了！”奈德大叫着爬了出去。

“汤姆，你是怎么做到的？”

“我自己也说不清楚。不过显然我们现在到了正确的位置。”

“但是风停了！”达蒙先生说，“好像只是一阵风。”

“如果真是这样，那就是我们所说的最糟糕的情况。不过就目前的情况来看，我的滑翔机还是没有问题的。至于你说风已经停了，达蒙先生，请你到这个方向来。”汤姆一边说一边指着他的左侧。

“上帝保佑我的伞，我会试试。”达蒙先生一边回答一边走了过去。没走几步，他就不得不伸手护住自己的帽子，之后就再也没有放开过。

“他走到风口上了。”汤姆低声说。

接下来达蒙先生走得磕磕碰碰、无比艰难，他的帽子在手中挥舞着，经常会飘到空中，一不小心就会消失在大家的视线里。

“真是了不起的狂风。”奈德用充满敬畏的语气小声地说。

“确实如此，”他的伙伴表示同意，“不过我看我们还是先帮助达蒙先生一下吧。”这会儿，可怜的达蒙先生正四肢着

地地往回爬，根本不敢直立行走了。因为风力实在太猛了，一站起来就会被吹倒。

“上帝保佑我的风力计！”当汤姆和奈德向他伸出援手的时候，他还在不停地祈祷，“这是怎么了？”

“这是因为风太大了，”汤姆说，“气流只向一个方向流动，就像在烟囱里一样。后来虽然形成气旋，也只是在一个固定的圆形轨迹上流动。从风的流向看，应该会通过树林，所以我觉得我们的位置应该是正确的。这个位置你们看着熟悉吗？”他问俄国兄弟。

伊凡回答说：“我不确定，我们来的时候这里还是冬天。”

“还有另外一个原因，”彼得说，“狂风带的面积非常大，矿区可以位于中心地区，也可以位于周边。”

汤姆说：“既然如此，我们应该先分析一下我们要做什么。奈德，快帮我把滑翔机准备好，一会儿要带它走。现在还得给它做一次测试。”

我就不在这里详细描述他们如何组装汤姆·斯威夫特近期最伟大的发明——滑翔机了。其实滑翔机的零部件已经被分解存放在猎鹰上，现在把它们运到上风口的位置组装好就可以了。

事情就是这么神奇，距离风带差不多二十英尺的地方，一点气流都感觉不到。这是安全距离的极限，只要再向前一点点，大家就会立不住脚地被狂风吹走了。汤姆使用了一种特殊的风力计去测试狂风带内的风速。他发现，在狂风带内几百英尺的位置，风速就已经达到了每小时一百英里。

奈德问："里面的情况怎么样？我很好奇。"

"一定很恐怖！"他的伙伴回答道。

"汤姆，你想冒险吗？"

"当然了，风吹得越猛，滑翔机飞得越好。实际上，如果我们都上了飞机并且携带一定数量的物资，那么由于重量的原因不太可能飞得那么快。总之，你记得，风力就是我们的动力。"

"那么你觉得是什么原因让这里的风吹得这样特殊？"奈德继续问。

"可能与这里的山势有关，或者说是冷热交替的结果。由于火山或者其他类似物的存在，某些地方产生了特别大的热量，空气就会因此而上升，形成气流。虽然我不确定这里是否有火山，但一定有热源。空气流失后，其他地方的气流便会流动过来，填充低压区。总之，自然界里是没有真空的。"

他们花了差不多一周的时间来组装他的新飞机，飞机的名字叫秃鹰，意指它将像秃鹰一样在天空翱翔。飞机终于组装好了，他们又放上了足够的压舱物，准备试飞了。为了更好地测试出机器的性能，汤姆希望所有的乘客都上机参加测

试。不过三名俄国人都很胆怯，他们表示要在测试结束后再上机飞行。

测试的时间定在某一天清晨，汤姆、奈德和达蒙先生三人登上了飞机，其余三人的重量只能用沙袋代替。他们将用飞机上的轮子带动滑翔机进入狂风带的边缘，然后滑翔机再借由风力起飞。这是一件苦差事，因为风实在太大了。自从他们进入边缘带后，风就变得很强，一直没停。但是滑翔机仍旧没有动力，无论是机翼还是方向舵都没有反应。重物的配置已经调整完毕，确保两边的风力处于平衡状态。

当伙伴们一起进入滑翔机的牵引车里后，汤姆问：“都准

备好了吗？”

“跟以前一样，随时准备着！”奈德回答。

“上帝保佑我的背带裤！汤姆，让它飞吧，快点让它上天！”达蒙先生大叫道。

汤姆拉动了操作杆，只一瞬间滑翔机就向前冲了出去。过了一会儿，它就开始进入上升期，三名俄国人一起欢呼起来。随着汤姆和他的滑翔机越飞越高，他们的欢呼声也逐渐被淹没在风声中。

秃鹰的性能很完美，几乎可以任意转向。风力只是提供一个动力，只要不断收放机翼、调整方向舵和压舱物，就可以控制好力量。

“我要向更高的地方飞，看看能否保持稳定！”汤姆贴着奈德的耳朵大声说。他的伙伴只是点了点头，而达蒙先生则老老实实地坐在座位上，紧紧地贴着飞机的一侧，似乎怕被甩出去。

秃鹰越飞越高，直到汤姆拉动了另外一根操纵杆后才稳定下来。此时它正悬浮在空中，风从机翼下吹过，托着滑翔机稳稳地待在那里。此时，它就像停在地上一样，几乎不会因外界的影响而被动地向任何一个方向移动。那些时速一百二十英里的飓风仿佛只能为它提供动力。

“成功了！”汤姆大叫道，“成功了！现在我们想在哪儿

停就在哪儿停，可以用望远镜慢慢地观察了。现在可以开始搜索铂金矿了！”

“听到了！我不是聋子！”奈德回了一个微笑，因为汤姆还像刚起飞的时候一样大声说话，现在显然已经不用了。虽然风依旧猛烈地吹着，但它并未与机翼或者滑翔机上的任何平面垂直相交，只是从两侧擦边而过，所以滑翔机上的人只听得到细微的风声。

汤姆又做了几次其他的测试，每一项测试的结果都很理想。于是，他们返回了地面。

“现在我们可以展开搜索了，准备工作已经全部到位了。”汤姆说。派卓夫斯基先生与他的弟弟及他的俄国同胞伯里斯已经看到了秃鹰在天空中的雄姿，现在可以安心地登上滑翔机，不会再感到害怕了。

就像前面说的那样，滑翔机上有供六个人乘坐的封闭座舱，上面还有一个储藏室，存放了可供几天使用的物资和食物。汤姆计划把猎鹰停在狂风带的边缘区，用作后勤基地或总部。这样他们就可以在风暴区里多待上一些时间，以寻找迷失的铂金矿。

接下来的几天很沉闷，飞机上的所有人都在空中不停地兜圈子。他们反复观察，有时候风向适合，他们就可以贴近地面飞行，直接观察。有时候他们被迫升到空中，就只能用望远镜观察。时间一天天过去，他们已经搜索了大半个区域，但仍然没有发现任何线索。就连平日里最乐观的汤姆都有点疲劳和失望了。

他问派卓夫斯基兄弟：“你们有没有看到与铂金矿类似的地貌？”

兄弟俩只能摇摇头。实际上，他们的任务并不轻松，要想认出那些地方是非常困难的。

又是一周过去了，他们中途曾经几次返回基地补充给养，然后就没日没夜地在天上飞。有一次他们遇到了大风，差一

点直接撞到地上，发生事故。他们的饮食起居都在机舱内完成，除非确定到了猎鹰附近，否则绝不降落。有一次他们彻底穿越了风暴区，到达了另一侧平静的区域，那里同样是一片无比荒凉的原野。

这样又过了两周，汤姆已经准备放弃，返回家乡了。至少他已经完成了此行的第一个目标——帮助派卓夫斯基先生解救他的兄弟，而且还额外帮助了同样遭受不幸的伯里斯先生，汤姆已经决定把他也带回美国了。

“可能是那些铂金在跟我们兜圈子，”汤姆愤愤不已地说道，“我们居然一点踪影也没发现。”

夜幕渐渐降临，汤姆决定返回飞机。伊凡·派卓夫斯基先生和他的兄弟负责轮流观察，焦急地看着下面的荒野。

他们离地面并不远，但是如果想观察一些地标性的物体还是需要借助望远镜的。达蒙先生手里也拿了一架普通的双筒望远镜在观察，不过大家很怀疑，即使他看到了标记物，真的能认出它们吗?

然而他拥有很神奇的能力，经常会以一种令人意想不到的方式来解决一些难题。就在彼得·派卓夫斯基从他的兄弟手中接过望远镜准备继续观察的时候，眼睛一直没离开望远镜的达蒙先生突然大叫起来。

“上帝保佑我的牙刷！”他大叫道，“看那边最荒凉的地方，好多树围着一个湖，湖水像墨汁一样黑。”

“在哪里？”伊凡·派卓夫斯基先生问道，“像墨汁一样黑的湖？在哪里？”

“我们刚才已经飞过去了！”达蒙先生说。

“汤姆，马上回到那里，越快越好！”伊凡·派卓夫斯基先生急切地说，“我想再看看那个地方。”

于是汤姆让滑翔机做了一个漂亮的转身动作，折返飞向那里。伊凡·派卓夫斯基先生的眼睛紧紧地贴着望远镜，仔细寻找达蒙先生说的那个地方。过了一会儿，他大叫道：“是那里了！那里离迷失的铂金矿很近！我们很快就可以找到它了！彼得你还记得吗？”他转头对自己的兄弟说：“当我们在雪里迷路的时候，曾经爬上一棵大树躲避风雪。下来的时候，旁边有一片雪地，你走上去后却掉到了水里，还是我把你拉了上来。那里一定是一片湖泊，只是当时冻上了。我相信迷失的铂金矿就在这里，降落，汤姆！降落！”

“我会的！”年轻的发明家说完，拉动升降杆，滑翔机向着地面俯冲下去。

泄漏的油箱

秃鹰宛如一只大鸟从天上落了下来，它紧挨着黑色的湖水，停在岸边。这个湖不大，虽然看起来是黑色的，但实际上舀出来的水却像水晶般清澈，可能是因为湖水太深了，也可能因为水下有黑色的石头。

即使降低高度，仍然能感受到风正在以一种可怕的速度呼啸而来，汤姆顶着狂风大声说：“我们这次找对地方了，是吗？”好在我们的朋友经验丰富，知道如何应对这种环境。他们沿着湖边向下飞入山谷，两侧的崖壁可以有效地挡住狂风。这会儿滑翔机只要能保持平衡，就可以在任何风力下平稳地盘旋在指定的位置。

“就是这里！就是这里！”伊凡·派卓夫斯基先生大声说，“彼得，你还记得吗？”

“是的，我当然记得！这就是我们发现铂金矿的地方！”

“上帝保佑我的灵魂！”达蒙先生说，“在哪里？在湖里？”

伊凡·派卓夫斯基先生回答道：“矿区本身的范围很大，已经超过了那些树木所围成的界线。早在远古时期，人们就已经意识到了这些金属的价值，开始不断开采，所以形成的开放口是不规则的。我们快点进去吧。”

“但是现在天色有点晚了。”奈德反对他的提议。

“不要紧，”汤姆说，“如果真能找到铂金，我们今晚就不走了。如果有必要，我们还可以再取些补给来，多待几天。这里的环境要比黄金城好，至少我们是在开放的空间里。”

“我也这样想。”达蒙先生弯着腰，仔细观察了一下。他发现即使有崖壁的遮挡，这里的风仍然不小。

“我们在这里待一晚安全吗？”伯里斯先生迅速瞥了一眼周围的环境后问道。

“我们有足够的食物，”汤姆回答，“滑翔机的驾驶舱也是一个很适合休息的地方。我觉得我们也不会受到攻击。”

“是的，在这里的确不会，”年长一些的派卓夫斯基先生说，“但我们将来还是要返回西伯利亚，并从那里逃走。”

“我们会的！”汤姆兴奋地说，“现在先要去找我们的铂金宝贝！”

他们继续向前飞行，因为只能依靠风力来调节高度，而这里的地势又不平坦，所以这真是一项艰难的工作。他们彼此紧

紧地贴在一起。显然，现在除了滑翔机之外，没有别的飞行器能在这种恶劣的条件下飞行了，即使拥有如猎鹰般强劲的动力也不行。而我们的滑翔机是唯一可以依赖的工具。

他们用了大约半个小时的时间才到达古矿的入口处。这个时候，天已经黑了。但是汤姆早有准备，他拿出了在地下城使用过的手电筒，淡淡的灯光驱散了小洞穴入口处的黑暗。

“你要进去吗？”他们到达这里后，伊凡·派卓夫斯基先生问汤姆。

“进去？当然要进去了！”我们的英雄一边大声说着，一边大踏步地往里走。其余人跟在他后面。可是走了一段时间后，他们还是没有看到金属的影子。奈德突然叫了一声，因为

他发现土墙上镶嵌了一些灰暗的颗粒。

“看！”他大声说道。

这会儿他的伙伴汤姆就在他身边。

“那是铂金！”汤姆说，“而且是很高等级的那种，但是它们的体积太小了！”

“这边有更大的。”彼得·派卓夫斯基说道。

他们继续向前走了一会儿，转个弯后，发现有一些泥土显然是新近剥落下来的。汤姆止不住内心的喜悦，狂吼一声。因为这里有数不清的大块大块的铂金，它们的纯度和之前发现的一样高。当然这里面也会混杂着一些其他的金属或化合物。

“看这里！”汤姆大叫道，“这些铂金块像鸡蛋一样大！”他用从外面带来的挖掘工具抠了一些出来，然后塞进自己的口袋里。

“上帝保佑我的支票簿！”达蒙先生大叫道，“这可是和金子一样贵重的东西呀！”

“太多了！”汤姆欣喜若狂地说道。

“哦，这里有块特别大的！”奈德大叫，“我猜它至少有十磅。”

“还有更好的哪！”汤姆大叫着跑到了另一边，开始不停地挖掘。其余的人很快也发现了，这边真的有很多大的铂金块。普通铂金只是很小的颗粒，目前有记录的最大的铂金块也不过

二十磅，能有一块鸽子蛋那么大的就很了不起了。

奈德也啧啧赞叹：“真是发达了！”他也找到了更大的铂金块，并在那里挖个不停。

“很高兴终于把你们带到了这里，”派卓夫斯基先生说，“这是对你们帮助我们的一点小小回报！”

“没什么！”汤姆说道，“这是一笔巨款。大家加把劲挖呀！能拿多少就拿多少！”

所有人都在忙，但是汤姆随身带来的两把手电筒却无法提供足够的照明。因此当挖了大约价值数千美元的铂金后，他们决定先休息一下，等明天一早有了更多的光源再来挖。

大家在滑翔机的封闭舱里平平安安地待了一夜，第二天早上用过早餐后就马上开工了。这里的铂金含量比派卓夫斯基先生之前所想象的更丰富，难怪俄国政府不惜一切代价也要找到这里，哪怕有一点线索都不放弃。

“这里全是高档货！”汤姆激动地说，“地下城里的那些低档货跟这没法比，这些将来一定要卖个好价钱！”

接下来的三天里，我们的朋友在这座多年无人造访的铂金矿里挖个不停，离开时他们真的拥有了一笔巨款。汤姆坚持要平分这些铂金，因为他认为俄国朋友们在这件事上出力不少，能找到铂金矿他们功不可没。挖到最后，他们几乎看不到什么太大的铂金块了。从他们的收获来看，显然这附近已经被

挖得差不多了。

“现在我们可以回去了吗？”结束了一天的挖掘工作后，汤姆问大家。这项工作相对简单，只有洞穴的一侧有铂金。不过每天在荒凉的环境下重复着同样的劳动，大家都觉得很沉闷。

“我们还能再多拿一些吗？”奈德问道。

“当然可以，但是这样会不安全。我不想带太多的东西，毕竟我们坐的是滑翔机，它没有飞机那么稳固，再说我们拿到的铂金也够多了。”

“我们拿走的这些真的够用了。”伊凡·派卓夫斯基先生说，“我和我的兄弟准备分一些出来，专门用来帮助那些西伯利亚的流放者。”

“我也一样。”阿里克斯·伯里斯也表示了同样的态度。

第二天早上的风比以往更加猛烈，他们乘坐秃鹰返航了。事实证明，秃鹰真的是一架性能优异的飞行器，很快就把他们送到猎鹰停留的地方。那里的一切都还保持着原样。

他们花了四天的时间把秃鹰重新拆解成零件，并且和挖来的铂金一起打包装到猎鹰上。全都安排好了以后，汤姆最后看了一眼这片虽然荒凉却已经很熟悉的土地，启动飞机踏上了回程。

当他们抵达鄂毕河边上的皮瑞支那市附近时，发生了一次损失惨重的事故。因为汤姆想抄近路尽快离开西伯利亚，飞机上的乘客们也归心似箭，希望能再次回到文明世界，所以他们以最大的速度飞行在一个相对较高的高度上。

突然，坐在飞机尾部的达蒙先生用望远镜发现了一个奇怪的现象，他立刻跑过来报告：“汤姆！汤姆！飞机的后面在向下滴水！”

“水？”汤姆很惊讶地说，“那个位置没有水呀！”

“那你过来看看。”达蒙先生建议道。

汤姆跟他一起走过去，发现飞机尾部最低处果然有一条细细的白色水流在不断地向下滴。汤姆用力嗅了嗅。

“汽油！那是汽油！”他大叫道，“不好！我们的油箱漏了！”

他立刻冲向储藏室。还没等他赶到，飞机的发动机就突然停止了转动，猎鹰向着地面倾斜下去。

归　航

“没事了！”奈德及时赶到，他一听到汤姆的叫喊声就立刻行动了，“我已经控制住飞机了，我们可以滑翔降落。”

“有危险吗？我们正处在危机之中吗？”彼得·派卓夫斯基用俄语问他的哥哥。

“我觉得不会有危险，我相信汤姆·斯威夫特。虽然我也没有这方面的经验，但我仍觉得不会有事儿。”哥哥回答道。

事情果然如派卓夫斯基先生所料，奈德·牛顿负责操纵飞机，汤姆则马上堵漏，飞机摇摇晃晃地向西伯利亚某个大城市的郊外落去。刚一落地，猎鹰就被一大群好奇的人围了起来。

“你们最好待在里面，”伊凡·派卓夫斯基先生对他的兄弟和伯里斯先生说，“关于你们的通缉令现在可能已经发出来了，而我化装了，应该不会被认出来。”

“但是我们要怎样才能脱离困境呢？”年轻的弟弟问道，“如果油料真的漏完，我们怎么离开这里？”

“相信汤姆·斯威夫特吧。”哥哥给出了同样的回答，然后又叮嘱他们，“躲到视线的死角去，外面有一大群人。”

汤姆带着一脸失望的表情从储藏室里走了出来。

“油全漏完了，一滴也没剩下，”他说，“所以马达就停转了。”

“什么东西漏完了？”达蒙先生问。

“油料。我们的主油箱漏了，我们的油洒了一路！”

“你还有备用的油料吗？”

“一点儿也没有了。我刚才已经清理储油箱了，希望能再找点儿油料，支撑我们回到文明世界。但是一切都太迟了，我们必须……”

“上帝保佑我的雪地靴！”达蒙先生说，“别告诉我说我们要待在这儿！待在西伯利亚！千万别这样说呀！我的妻子……”

“话也不能这么说，如果我们能搞到煤油，还是有可能离开的。”汤姆打断了他，说道，“我们的发动机也可以烧煤油。唯一需要担心的问题是我们有被拘禁的可能。现在当地政府可能已经知道我们的消息，正在监视我们了。”

“一定要在他们知道我们在这里之前搞到油料。”奈德建议道。

“我会试试的。”汤姆说，他马上与派卓夫斯基家的大哥商议起对策来。后者说他确定这个镇子上有煤油，如果不想亲自冒险，可以雇一辆马车，把钱给车夫让他直接送货就行了。这样他们只要在这里等就行了。

与此同时，前来参观的好奇者也越来越多了。他们把飞机团团围住，有些人还会伸手摸摸这儿摸摸那儿，直到汤姆不得不打手势示意他们离远点儿，情况才好了一些。

一个好奇心特别重的家伙仍然赖在那里不走，并且继续拉拉这儿、推推那儿，直到不小心触碰到带电的电线，被电流击伤后才大叫着跑开。即便如此，围观者的数量仍然有增无减。最后，派卓夫斯基先生说：“汤姆，我觉得这样不太好。”

“有什么问题吗？”

现在他们所有人都在飞机里坐着，只等送煤油的人回来就可以了。油箱泄漏的地方其实并不大，不一会儿的工夫就被焊接上了。只不过漏的时间比较长，所以总体来说漏的油还是很多的。

“派卓夫斯基先生，你在担心什么？”

“围着我们的人太多了，我相信这里面一定有穿着便装的警员。俄国的警员一般不会这样，除非他们已经有了某些目标。”

“你所说的目标是指——”

“抓捕我们！”

“如果事情真的如你所说，那为什么他们不早动手呢？他们可以在我们刚着陆的时候就采取行动！”

“不是这样的，很明显他们是在等什么，或许是高级官员。没有上级的命令，他们是不敢采取行动的。俄国是一个官僚主义十分严重的国家。”

不久之后，伊凡·派卓夫斯基先生的怀疑被证实了。一个身穿制服的男人来到现场，他的英语说得相当不错。他彬彬有礼地询问汤姆可否晚点启动飞机，因为本地的行政长官正从他的官邸赶过来。

“我们知道你们打算尽快离开。”俄国官员面带微笑地说，“你们正在购买煤油，对吧？请再稍等片刻。”

“如果行政长官大人能够马上过来的话，我们可以等一会儿。”汤姆回答说。“但是我们真的很忙，煤油一到，我们还是希望马上就走。”他自言自语道。

“哦，他当然会尽快过来。”官员很客气地说，“请问我可以登机到机舱里等待大人到来吗？”

“不好意思，这是不可以的！”我们的英雄立刻拒绝了他。他一直在焦灼地望着大路，希望能够看到装煤油的马车。最后，马车终于来了，汤姆也松了口气。

但是人也越聚越多，其中有些人虽然衣着破烂，但明显是政府的人。汤姆心里很清楚，他们假扮成老百姓夹在人群中的目的是为了绊住他，好趁机逮捕流放者。所以他必须尽快上路。

“快点！快把油箱装满！”汤姆对大家喊道，示意他们快点将油箱周围的俄国人替换掉。如果可以的话，他根本不想和行政长官见面。

现在的情形很奇怪，在马车旁边帮忙的俄国人越多，他们装油的速度就越慢。他们挡住彼此的去路，故意打翻一些油罐或者洒出一些油来。汤姆感觉到，有什么事情即将发生。

“奈德！”他大声喊道，“他们在想办法拖住我们。我们自己动手，快把油装好。他们又在玩在法国时的那一手了。”

“汤姆，我明白！我来帮你。”

伊凡·派卓夫斯基先生说：“我来帮你们驱散人群，我会告诉他们这里马上要进行爆破！”很快他就用俄语把这些话又说了一遍。

派卓夫斯基先生的话像一枚扔进人群里的炸弹，把所有人都吓了一跳，包括官员在内的所有人开始撤退。现在装油的马车边上终于清理出来了，汤姆、奈德还有达蒙先生一起动手，加紧搬运。然后，他们就以美国式的工作效率开始装填油箱。

最后一加仑的煤油终于加完了，汤姆和奈德、达蒙先生一起爬回机舱。这时身穿制服的官员急匆匆地跑过来，要求他们再等一会儿。

“请稍等！请稍等！求你了先生！”他大叫道，“长官已经赶过来了，他想见你！”

“太晚了！”汤姆回答他，“请代我向他致以最崇高的敬意。如果他愿意来看我们，随时欢迎他到美国来！很抱歉我们没有时间了。奈德，到机舱去，看到信号就启动。我去发动机室，我不知道它是否习惯煤油。”

“你们必须待在这里！”官员愤怒地喊道。

“在美国，没有人可以强迫其他人‘必须’做某件事！沙皇俄国也一样！”汤姆说完后，就一闪身去了发动机室。他打开开关，这时窗子被打开了，俄国的官员在他身后大叫道：“停下来！长官大人来了！我以沙皇的名义宣布，大人已经下令逮捕你们了！”

“胡扯！”汤姆大叫道，紧接着他就从窗户中看到一队哥萨克骑兵正匆匆赶来，队伍中间的位置有一个人穿着华丽的军服骑在马上，很明显，他应该就是那位长官大人。

“住手！住手！”俄国官员还在大叫。

“奈德，走吧！”汤姆一边大声招呼着，一边启动了发动机。猎鹰迅速移动，并当着俄国官员和所有哥萨克骑兵的面渐渐升入空中。

猎鹰越飞越高，越飞越快，看来它对煤油的适应良好。长官大人和他的士兵们已经被甩在了下面。

“停下！停下！你们必须停下，这是帝国长官大人的命令！”那位尊贵长官的侍从喊道。

“我们听不见你在说什么！”汤姆从发动机室的窗户里探出头，向下面挥舞着手臂，然后加大了发动机的功率，迅速飞过了城市上空，带着他的朋友和价值连城的铂金一起飞向了远方，只留下一群目瞪口呆、不知所措的士兵。他们不知道是否要开枪，因为不知道如果造成意外，责任该由谁来承担。

“现在让我们回家吧！”

后来他们又经历了两场可怕的风暴，还好猎鹰的表现优异，顶住了恶劣的气候条件，没有再出状况。

他们再次来到巴黎，此时已经不需要再躲藏了，可以大大方方地降落下来。他们补充了大量的汽油，把煤油替换掉。换过汽油后的发动机效率有了明显提升。虽然秘探已经收到了流放者逃跑的消息，但他们什么也做不了了，因为这些人都属于政治犯，是不可以直接采取行动进行抓捕的。

接下来，他们又进行了一次长途旅行，穿过了大西洋。虽然中途又有一次极为糟糕的经历，但总算有惊无险，最后还是安全、及时地返回了肖普顿。

后面的事情就不需要赘述了。那些铂金的价值比汤姆所估计的还要高。本来他可以选择把这些铂金全部卖掉，以换取更多的财富。不过实际上，为了更多、更好地进行发明研究，他留下了大部分的铂金自用。在他心中，机械始终是最重要的。奈德把他的那部分铂金以低于市场价的价格转让给了汤姆。俄国朋友们手里的铂金则卖了个好价钱，但是他们把大部分的收入转到了一项基金里，专门用于帮助像他们一样的流放者。达蒙先生分到了与汤姆和奈德一样多的铂金，自然也获得了不菲的收入。

在纽约的时候，派卓夫斯基兄弟和伯里斯先生遇到了一些他们的朋友，决定留在那里，但是承诺以后会去肖普顿拜访汤姆。

一天晚上，当汤姆与玛丽·奈斯特约会的时候，汤姆送给玛丽一条铂金项链，项链的原材料是他从西伯利亚的矿里挖出来的。

玛丽说："嗯，我觉得你现在应该休一个长假。"

"休假？我现在哪里有时间休假！"汤姆感叹着说，"我要马上开始研究无声飞机，还有其他已经有了思路的东西。我还要进行更多的冒险。"

"哼，你这个贪心鬼！"玛丽笑着说。

汤姆·斯威夫特的冒险当然不会就此结束，如果感兴趣，你们可以在本系列的下一本书中继续关注。

航空委员会和其他各种类似机构纷纷向汤姆发出了邀请，希望他能向大家展示他的滑翔机，不过都被汤姆拒绝了。

“我没有时间，”他说，“我太忙了。”

“你应该休息一下了。”他的伙伴建议道。

“上帝保佑我的闹钟！”达蒙先生则说，“最好的休息方法就是开展一项新工作。”

汤姆对此深以为然，于是他开始构思他的无声飞机在汤姆着手进行设计工作的这段时间里，我们得与我们的英雄暂别了。

图书在版编目（CIP）数据

汤姆·斯威夫特和他的滑翔机 / (美) 维克多·阿普尔顿著；李中译；王一竹绘. —济南：山东文艺出版社，2017.12

ISBN 978-7-5329-5568-8

Ⅰ.①汤… Ⅱ.①维… ②李… ③王… Ⅲ.①儿童故事—美国—现代 Ⅳ.①I712.85

中国版本图书馆CIP数据核字（2017）第212744号

汤姆·斯威夫特和他的滑翔机

【美】维克多·阿普尔顿 著　李中 译　王一竹 绘

主管单位 山东出版传媒股份有限公司
出版发行 山东文艺出版社
社　　址 山东省济南市英雄山路189号
邮　　编 250002
网　　址 www.sdwypress.com

读者服务 0531—82098776（总编室）
0531—82098775（市场营销部）
电子邮箱 sdwy@sdpress.com.cn

印　　刷 三河市兴达印务有限公司
开　　本 880mm × 1230mm　1/32
印　　张 6.5
字　　数 115千
版　　次 2017年12月第1版
印　　次 2017年12月第1次印刷
书　　号 ISBN 978-7-5329-5568-8
定　　价 32.00元
